少年读三国

刘 备

王洪秀 编著

全国百佳图书出版单位
吉林出版集团股份有限公司

图书在版编目（CIP）数据

少年读三国. 刘备 / 王洪秀编著. -- 长春 : 吉林
出版集团股份有限公司, 2019.4 （2023.4重印）
ISBN 978-7-5581-6403-3

Ⅰ . ①少⋯ Ⅱ . ①王⋯ Ⅲ . ①历史故事－作品集－中
国－当代 Ⅳ . ①I247.81

中国版本图书馆CIP数据核字(2018)第299784号

SHAONIAN DU SANGUO LIUBEI

少年读三国·刘备

编　　著：王洪秀
责任编辑：朱　玲
技术编辑：王会莲
封面设计：汉字风
开　　本：710mm×1000mm　　1/16
字　　数：120千字
印　　张：10.5
版　　次：2019年4月第1版
印　　次：2023年4月第2次印刷

出　　版：吉林出版集团股份有限公司
发　　行：吉林出版集团外语教育有限公司
地　　址：长春市福祉大路与生态大街交汇龙腾国际大厦B座7层
电　　话：总编办：0431-81629929
　　　　　　发行部：0431-81629927　0431-81629921（Fax）
网　　址：www.360hours.com
印　　刷：三河市同力彩印有限公司

ISBN 978-7-5581-6403-3　　　　定　　价：39.80元

少必读《三国》

少不读《水浒》——血气方刚，戒之在斗。

老不读《三国》——饱经世故，老奸巨猾。

喔，那么少年时期该读什么？

少必读《三国》！

少必读《三国》，能获得深沉的历史感。透过历史，我们可以窥见王朝的兴衰更迭，征讨血战；可以知晓历史事件的波诡云谲，风云际会；可以仰慕历史人物的音容笑貌、风采神韵。历史，让我们和古人"握手"，给我们变幻莫测的人生以种种启迪。在历史的长河里，我们能判断现在的位置，明白我们发展的方向。有历史感的人，在行事上常常会胜人一筹，因为古人已为他们提供了足够的经验。

少必读《三国》，能学习古人的处世方式。现在，我们正值青春年少，活动的范围早已不仅仅局限在家庭和学校中，一个更广阔的社会出现在我们面前。从此，在社会中，我们将独立面对形形色色的人和事。从《三国》中，我们可以习得古人的处世之术。例如刘备，论文韬武略皆不如曹操、孙权，但他却善于知人、察人、用人，他对关、张用桃园结义之法，对孔明则三顾茅庐，对投奔他的赵云和归顺的黄忠大加重用……也正是"五虎上将"的拥戴，才使他称雄一方成了可能。试想，他若摆出主公的骄横霸道，还会受到部下的衷心拥护吗？

少必读《三国》，可以研习古人的谋略。"凡事谋在先"，在《三国》中，大到对天下大事的分析，小到对一场战事的周密安排，无不反映出一千八百多年前古人的智慧。在赤壁之战中，没有周瑜的频施妙计，就不会有火烧曹军的辉煌战果；诸葛亮指挥的战役常能"决胜千里之外"，实际上也是他"运筹帷幄之中"的结果。《三国》中的谋略博大精深，我们可以从中获得智力启迪。善于运用这些谋略，对不同的人和事采取不同的方法，我们一定能化解许多人生困境。

少必读《三国》，最重要的是能培养精神气质。在这些气质中，有经国济世的豪情，有临危不乱的镇定，有安贫乐道的操守，当然还有风流倜傥的潇洒。想想孙权，他刚掌权时只有十八岁，面对父兄创下的基业，他善用旧臣，巩固了政权；面对曹兵压境的危势，他果敢决策，击退了强敌。再联想现在的我们，是不是常有些心智稚弱、做事莽撞，缺乏从容的气度呢？阅读《三国》，可以让我们成为光明磊落的君子，而不是心怀叵测的小人。一部三国征战史也就是一部人才的斗智史，在《三国》中，有各种各样的人，有的貌似强大却"羊质而虎皮"，有的貌不惊人却有济世之才，有的内含机谋却不动声色，有的胸无点墨却自作聪明……对照他们，反观自己，可以判断自己有哪些特质，可以知道怎样来充实自己……

所以，我们在少年时期一定要读一读《三国》。但是，应当怎样读呢？《三国》虽然在当时被认为"言不甚深，语不甚俗"，但我们现在来读已经颇为吃力了。再加上《三国》中人物众多，关系复杂，我们常会看得一头雾水。遍寻大小书店，各种版本的《三国》虽然不计其数，但真正适合少年阅读的《三国》却难以觅得了。因此，这套《少年读三国》就是专门写给青春年少的你，我们希望你能从中获得新鲜的阅读经验。

在《少年读三国》中，我们以新的编辑角度切入。《三国演义》中的人物成百上千，这套书仅选取了刘备、关羽、张飞、诸葛亮、曹操、司马懿、孙权、周瑜八人，不仅是因为这八人在历史中"戏份"较多，而且还在于他们性格迥异，形象丰满。我们企望以人物为主线来勾勒三国的历史全貌，让读者对人物的丰功伟业也能有更全面的了解。在编辑时，我们注重设置"历史场景"，回溯时光，把人物重新推回历史舞台之中，推到事件的紧要关头前，来看看他们是怎样周详安排、从容调度、化解危机的。或许你玩过"角色扮演"的电玩游戏，那么我们希望你在阅读这套书时，把自己想象成书中的主人公，想想自己在彼时彼景中，会怎样处理这一切事情。亦读亦思，从更深的层次来体验古人的精神生命，是我们编辑的用心。

在编排人物故事时，我们力避重复。但是，一个重大的历史事件常常会同时涉及这八个人物，为了交代事件的前因后果，不得已会重复某些片段。从另一个方面讲，分别以不同人物的眼光来看待同一个历史事件，是非功过皆在其中，也是别有一番趣味的。

在人物故事内容上，我们以《三国演义》为蓝本，还采信了《三国志》中的诸种说法，在文学与历史间做了微妙的平衡，既使人物故事起伏跌宕，又力求历史事件完整真实。

少必读《三国》，在《少年读三国》里，我们将有一次愉悦的纸上"电玩游戏"，一次深沉的历史"时光之旅"……

人物简介——刘备

在《三国演义》中，刘备作为"仁德之君"，其特点之一便是动辄大哭，因此老百姓中流传着一则谚语：刘备的江山——哭出来的。

的确，《三国演义》中有许多刘备哭泣场面的描写：送徐庶走时，先是"泪如雨下"，接着是"凝泪而望"；三顾茅庐请诸葛亮出山时，他仍是痛哭流涕；当阳之败，看到十多万老百姓随之遭殃，刘备也失声痛哭；关羽、张飞被害，他更是"哭绝于地""斑斑成血"。这些哭，表现了刘备的求贤若渴和宽厚仁爱，很令人感动。但有的哭就让人觉得不太真诚了：去东吴招亲，他先是向吴国太哭诉，使孙权弄假成真，后来又在孙夫人面前暗暗垂泪，终于在她的保护下，安全离开东吴；在鲁肃讨要荆州时，他按诸葛亮的吩咐"掩面大哭"，想赖账不还。

这两种哭法实际上也表现了刘备人格的两面——作为明君的仁德与作为枭雄的手腕。刘备在做安喜县尉时，"于民秋毫无犯"，督邮前来勒索时，他不惜丢官，也不搜刮民财；做新野牧时，他施行仁政，爱护百姓，博得百姓的颂扬。刘备的仁德不仅及于百姓，更表现在交友处世方面："的卢"马是"妨主"之

马，有人劝他送给仇人，但刘备听后脸色大变，不愿做"利己妨人"的事；徐庶是刘备喜爱的贤才，但曹操软禁其母，迫其归顺，当他向刘备辞行时，刘备未采纳谋士强留的建议，而是放其救母。这些仁德之怀在《三国演义》中处处同曹操的残暴自私形成对比，难怪老百姓都希望是由刘备来一统江山。

但是，刘备毕竟处于礼崩乐坏的乱世，他虽为皇亲，毕竟出身贫寒，没有太大的实力，只有不停地投靠实力派军阀，为自己谋得生存空间。所以他也不是一味老实的谦谦君子，在某些时候，他的政治手腕也极为厉害：在他和吕布共同对付曹操时，两人情同手足，而一旦吕布被曹操所俘，向刘备求情时，刘备却怂恿曹操杀掉吕布，全然忘了吕布辕门射戟的相救之恩；在他投靠曹操时，曹操待其极厚，可是一旦他从曹操那里脱身，就毫不客气地杀掉了曹操的心腹——徐州刺史车胄，为自己夺得一块地盘；在夺取西川时，刘备不顾同宗兄弟刘璋的恩情，设计除掉杨怀、高沛，然后占领了益州，成就了霸王基业。

可见，刘备的江山并非只是哭出来的，没有在乱世中锻炼出来的狡猾机警，他是不会成功的。所以，《三国演义》中，曹操曾评价刘备是"外君子而内小人"，此话虽然有点刻薄，但也不算胡说。

主要人物表

刘备

字玄德，蜀国君王，人称刘皇叔。少有大志，长而有为，最终建立蜀国，后因伐吴失败，死于白帝城。

161～223
出生地：涿郡涿县
职　位：平原令→豫州牧
　　　　→益州牧→汉中
　　　　王
所　属：蜀

诸葛亮

字孔明，蜀国丞相。他深怀韬略，神机妙算，辅佐蜀国两代君王，欲振兴汉室，却中途星陨。

181～234
出生地：琅琊郡阳都县
职　位：军师中郎将→丞
　　　　相→武乡侯
所　属：蜀

关羽

字云长，蜀汉名将，武艺高强，义薄云天，为后世所景仰。

？～220
出生地：河东郡解县
职　位：别部司马→襄
　　　　阳太守→前将
　　　　军
所　属：蜀

006

张飞

字翼德（正史中记载他的字为益德），刘备的义弟，蜀汉名将，骁勇善战，为人卤直。

?～221
出生地：涿郡
职　位：征虏将军→巴西太守→右将军→车骑将军
所　属：蜀

马超

字孟起，蜀国大将，曾在关西反曹，在战斗中逼得曹操割须弃袍。

176～222
出生地：扶风郡茂陵县
职　位：平西将军→左将军→骠骑将军
所　属：张鲁→蜀

赵云

字子龙，蜀国大将，曾大战长坂坡，初为公孙瓒的部下，救出幼主。一生征战无数，屡建奇功。

?～229
出生地：常山郡真定县
职　位：翊军将军→征南将军→镇东将军
所　属：公孙瓒→蜀

刘禅

字公嗣，小名阿斗，刘备的儿子，三国蜀国后主。

207～271
出生地：?
职　位：太子→蜀王
所　属：蜀

庞统

字士元，刘备谋臣，号称『凤雏』，足智多谋，为刘备进领益州立下大功。

179～214
出生地：襄阳郡
职　位：耒阳县令→军师中郎将
所　属：蜀

黄忠

字汉升，蜀国大将，先为刘表的部下，后降蜀。箭法精良，有百步穿杨之能。百发百中。

?～220
出生地：南阳郡
职　位：讨虏将军→征西将军
所　属：刘表→蜀

目录

兄弟同心，报国安邦展雄才

东汉末年，社会动荡不安。统治者内部外戚和宦官（君主时代宫廷内侍奉帝王及其家属的人员，由阉割后的男子充任）两个政治集团彼此争权夺利，战祸连绵不断，民不聊生。东汉和平元年（公元 150 年），蜀汉先主刘备就诞生在这乱世之秋。刘备，字玄德，涿县（今河北涿州）楼桑村人，是汉皇室的后代。刘备的祖父刘雄和父亲刘弘都曾经在州郡做官。不幸的是，在刘备很小的时候，父亲就去世了，家道败落，母亲一人含辛茹苦卖鞋织席维持生活，抚养刘备。刘备从小就很懂事，十分孝敬母亲，深知母亲的艰辛。每当夜晚，母亲凑在昏暗的油灯下做鞋，他就在一旁编织草席，第二天早早起床，背着鞋和席到市井上去卖。

刘备从少年时代就怀有远大的抱负，立志要干一番大事，不愿碌碌无为地虚度一生。传说，刘备家房屋的东南角有一棵桑树，五丈多高，长得枝叶茂盛，圆圆的树冠就好像小车盖。如果要去楼桑村，人没进村，首先看见的就是这棵桑树。据说有一位叫李定云的风水先生看到这棵树后，就曾预言："这家一定要出贵人！"刘备小时候，经常和村中的孩子们在树下游玩戏耍。有一天，他站在树下，抚摸着高大、笔直的树干，对小伙伴们说："将来我当了天子，就乘坐用这树冠做车盖的车。"这时，他的叔叔正好经过这里，听到他的话，吓得脸都变了，用手敲着他的头说："你这孩子，怎么敢说出这么狂妄的话来！你知道吗，说这种话是要遭灭门之灾的啊！"刘备听了只是笑笑，不以为然。十五岁那年，刘备的母亲在家庭经济十分困难的情况下，还是把刘备送到学堂去念书。当时和他一起念书的还有同宗的刘德然和一个叫公孙瓒（zàn）的少年。他的叔父刘元起见他家生活太困难，经常给他们母子送钱送粮。日子一长，他婶婶心里就不高兴，责怪他叔父："我们自己也不宽裕，怎么能老是这样接济他们呢？"他叔叔说："你真是妇人之见，这孩子可不是个平常的人，将来一定会有大出息，会光宗耀祖的。"

岁月流逝，刘备长成了一个英俊、潇洒的小伙子。他身高七尺五，两耳垂肩，双手过膝，眼睛能看到自己的耳朵。凡是认识他的人，都说他相貌不凡，将来一定会大有作为的。随着年龄的增长，面对战乱的时世，刘备心中经常思考国家的大事。他认为只是关起门来读圣贤书是不能拯救摇摇欲坠的汉王朝的。因此，他对读书并不十分专心，却喜欢驯狗、骑马、射箭，喜欢结交天下的英雄豪杰，立志要练好本领，将来为国家出力。他还十分爱好音乐，经常穿着整洁的衣裳，和那些志同道合（志向相同，思想相合）的朋友一起吹、拉、弹、唱，抒发自己的情怀，谈论天下大事。在和朋友的交往中，他遇事都有自己的主张，但从不夸夸其谈，而是以礼待人；对那些生活潦倒（这里指穷困）、有求于他的人，也总是尽自己的力量给予帮助。因此，他的身边总是聚集着一大批热血青年。从少年时代起，刘备就显示出非凡的组织才能。他讲义气，重友情，知人善任。他的这些性格和品格，在他日后的建功立业中起了很大的作用。

中平元年（公元184年）爆发了张角领导的农民大起义。因为起义军以头裹黄巾为标志，所以被称作黄巾起义。黄巾起义对东汉王朝已经摇摇欲坠的统治是一个沉重的打击。为了镇压黄巾军，各州各郡都纷纷招兵买马，趁机扩充自己的武装。这一年，刘备二十八岁。幽州（今北京大兴西南）太守刘焉的招兵榜文贴到了涿县，在小小县城激起阵阵波澜，一时间，"黄巾军""招兵"成了街头巷尾人们议论的话题。刘备很想在这非常时期干一番事业，但又不愿在别人手下当兵；自己拉队伍干暂时还没这个力量。

这一天，天气很好，又是赶集的日子，街市上车来人往，十分热闹。刘备再次来到招兵买马的告示前，把榜文细细地看了一遍，深深地叹了一口气，正准备往回走，只听到身后传来一声喊："大丈夫为何不为国家出力，却在这里唉声叹气？"刘备回头一看，一位大汉正站在他的身后。这个人相貌很特别，身高八尺，豹头环眼，燕颔虎须，说话声音大得像打雷，看着他，会使人觉得见到的是一匹正在奔驰的烈马。刘备打心里喜欢，立即上前抱拳施礼："请问壮士尊姓大名？""我姓张，名飞，字翼德。我张飞就好结交天下好汉，刚才见你在这儿叹息，不知是为什么？"刘备说："我本是汉室的宗亲，姓刘，名备，字玄德。现在黄巾军造反，抢掠州县，我有心扫平中原，救国家于危难之中，但自己又没这个能力，因此叹息。"张飞听了，高兴地说："哎呀！这太好了，和我的想法一样。这样吧，请到我的酒店好好叙叙。我家世代住在涿县，家里有些田庄，还杀猪开店做些小生意，有不少庄客，让我们共同举兵报国怎么样？"于是，张飞请刘备到了酒店，备下酒菜，边喝边说。两人越谈越投机。正谈得尽兴，有一位壮士推着一辆小车来到店外，他放下小车走进店内，坐在桑木凳上就大声喊酒保："快拿酒来，我还要赶到城里去投军，别耽误了时间。"刘备循声望去，咳！这人也不同一般，个子有九尺三，胡子足有一尺八寸长，丹凤眼，卧蚕眉。真是相貌堂堂，威风凛凛。刘备一见这人，就有一种亲近感。于是上前邀请他一起喝酒，这人十分爽快地答应了。然后，他们互相做了介绍。原来这位壮士姓关，名羽，字云长，是河东解县（今山西运城）人。他因为主持公道，见义勇为，杀了当地的一个豪强，为了逃避官府的追捕，在江湖上流荡已经五六年了，现在听说这里招兵破黄巾军，就准备前去应征。刘备听了，心想，又碰到一位志同道合者，就把自己的想法告诉了关羽，关羽也十分赞同。"酒逢知己千杯少"，三人越喝越兴奋，看看天色不早了，张飞请他俩到自己庄上休息。三人同吃一锅饭，共睡一张床，天天在一起切磋武艺，谈论天下大事，形影不离。

刘备见张飞和关羽武艺高强，又和他志同道合，待他们比亲兄弟还要亲。张飞是个急性子，快人快语。一天，他对刘备和关羽说："我的庄子后面有一个桃园，现在正是桃花盛开的好时节，不如明天宰匹白马祭天，杀头黑牛祭地，咱们兄弟三人结成生死之交怎么样？"刘备、关羽当然同意。第二天，他们在桃园里设了香案，摆上金银纸钱，杀了黑牛白马，三个人焚香跪在地上，叩拜了天地，异口同声地发誓："刘备、关羽、张飞虽然不同姓，今天结为兄弟，决心同心协力，救困扶危，上报国家，下安黎民，不求同年同月同日生，只愿同年同月同日死。背义忘恩者，天人共戮！"按年龄的大小，拜刘备为兄长，关羽老二，张飞为弟。然后，三人又一起来到楼桑村叩拜刘备的母亲。老母亲见了这兄弟三人，当然是高兴得合不拢嘴。他们又把村中三百多人聚在桃园里，热热闹闹地庆祝了一番。张飞对刘备说："大哥，从今天起，我们三人就是情同手足的兄弟，您就带着我们干吧！"刘备说："是啊！要干大事，就得有自己的兵马和武器。"于是，他们四处收集刀枪等器械，可就是缺少马匹。正在伤脑筋

时，有人来报告说有两个人，带了数十个人，赶了一群马奔庄上来了。刘备听了高兴地说："真是老天帮助我，看来大事一定能成功！"三个人赶忙迎出庄外。原来是中山的两个大商人，一个叫张世平，一个叫苏双。他俩每年都要到北方贩马，现在时局不稳，只好回乡来了。

刘备把他俩请到庄上，摆下酒宴热情款待，并且把自己准备举兵报国、扶助汉朝的打算告诉了他们。两人听了很感动，自愿把五十匹好马送给刘备，又赠送了五百两金银、一千斤生铁，让他们打制兵器。刘备请来了最好的铁匠，给自己打造了双股剑，给关羽铸造了八十二斤重的青龙偃月刀（又叫"冷艳锯"），为张飞锻造了丈八点钢矛，给每人都制了全身的铠甲。一共聚集了五百多人的队伍，浩浩荡荡来见太守刘焉。当刘焉知道刘备是汉室的宗亲，十分高兴，认刘备为自己的侄儿，鼓励刘备说："既是汉室的宗亲，只要立下战功，一定重用！"正在这时，来人报告黄巾军程远志的五万人马快到涿县了。刘焉就任命马步校尉邹靖和刘备为先锋去破程远志。自此，刘备和关羽、张飞一起，从围剿黄巾军开始，走上了"匡扶汉室"的艰难征途。

刘备带领五百多人赶到大兴山下，与黄巾军程远志的人马相遇。双方摆开阵势，关羽在左，张飞在右，刘备出马，扬着鞭子骂道："反国的叛贼，还不早早投降！"程远志气得二话不说，就派副将邓茂迎战。张飞在旁边睁圆了双眼，举起丈八长矛一下就刺中了邓茂的心窝，邓茂翻身滚下了马。程远志见邓茂死了，挥舞着大刀就朝关羽冲来，关羽跃马举刀迎战，还没等程远志反应过来，一刀就把他砍为两段。其余的人一见首领被杀，纷纷放下刀枪投降。刘备首战告捷，太守刘焉亲自出城迎接，犒劳三军。

这时，又有探子报告说青州（今山东淄博临淄北）太守龚景来信告急，说黄巾军困了青州城，请求救援。刘备主动请战。于是，刘焉又派邹靖带五千人马和刘备一起去救援青州。刘备、关羽、张飞三人来到青州城外，只见黄巾军把青州城围了个水泄不通。黄巾军一看援军到了，就分出兵马与刘备混战。刘备人马太少了，敌不过黄巾军，只好先退三十里安下营寨。刘备对关羽、张飞说："现在是敌众我寡，一定要用计谋，出奇兵才能胜出。"他叫关羽领了一千人埋伏在山的左边，张飞带一千人埋伏在山的右边，听到号声一齐出击。第二天，刘备和邹靖带领军队敲着战鼓前进。黄巾军听到后，像潮水一样涌来。刘备佯退，黄巾军一路追来。待黄巾军追到山岭，刘备命令吹起进军号角，关羽、张飞就从左右冲出，三路军一齐冲杀，把黄巾军赶到青州城下。这时，太守龚景也领兵出城助战，直杀得黄巾军溃不成军。就这样，刘备又解了青州之围。战斗结束了，邹靖准备回去，刘备说："我听说中郎将卢植与黄巾军首领张角在广宗（今河北威县东）交战，我过去曾经和公孙瓒在卢植那儿做过事，我想去帮助他破敌。"邹靖说："我带的粮草可以留给你，但部队我不敢私自调遣。"刘备就带领自己的五百人马奔广宗去了。

卢植十分欢迎刘备的到来，把他们留在帐前听候调遣。这时，张角有十五万人驻扎在广宗，卢植只有五万人马。虽然打了几次胜仗，但是没能彻底取胜，卢植就和刘备商议："目前，我把张角围在这儿，张角的弟弟张梁、张宝在颍川（今河南禹州）同皇甫嵩、朱儁（jùn）等人在交战，你带上你的人马，我再给你拨一千官兵去颍川打探消息，与他们一块剿敌。"刘备领了文书，与关羽、张飞连夜赶往颍川。那时，皇甫嵩已用火攻打败了张梁、张宝，两兄弟在逃跑的途中又遭到前去助战的骑都尉曹操的堵截，好不容易冲出重围。皇甫嵩命令曹操继续追击。当刘备赶到颍川时，黄巾军已逃散了。皇甫嵩又命令刘备："张梁、张宝现在势穷力乏，一定是到广宗投靠张角去了，你们赶快去援助，千万不能迟缓。"刘备未喘一口气，又马不停蹄地往回赶。

走到半道，前面约有三百多人押着一辆囚车走来。走近一瞧，囚车内关的竟是卢植，慌得刘备滚下马来问原因。卢植告诉他们："由于张角使用妖术，围剿没能获得全胜。这时，天子派小黄门左丰来视察，他向我索要贿赂，我没答应，他就在天子面前说我的坏话。皇上怪罪于我，派中郎将董卓接替了我，现在押我到京问罪去呢！"张飞听了气得哇哇乱叫，举刀要杀护送的兵士以救卢植。刘备急忙拦住他："朝廷自会有公断的，你怎么能这么鲁莽！"关羽也上前劝阻："三弟，不能乱来！"官兵这才又押着卢植走了。关羽说："卢中郎已被罢了兵权，别人领兵，我们去了也没什么依靠，还不如暂时回涿县。"刘备同意了。于是三人又往北走。

走了不到两天，忽然听到山背后杀声震天，三人骑马跑上山岗一望，漫山遍野的黄巾军正在追赶节节败退的汉军。黄巾军中的帅旗上写着"天公将军"四个大字。刘备说："这一定是张角，赶快去打。"三人带着人马，擂起战鼓冲进张角的阵地，一直把张角赶出五十里外，救回了汉军将领，这将领不是别人，正是董卓。董卓问："你们都是什么职务？"刘备说："都是白身，没有官职。"董卓一听，便不把他们放在眼里，什么封赏也没给，就让他们出去了。张飞气得大骂："我们拼死冲杀救了这家伙的命，他却如此轻视我们，不杀了他，难解我心头怒气！"说着，提着刀就要冲进帐去，关羽急忙把他拦腰抱住。刘备说："我们都是平头百姓，他是朝廷的命官，掌握着许多兵马，你今天杀了他，是想造反哪！"张飞说："我是不愿在他手下当兵。"刘备说："我们三人生死与共，怎么能分开，不如离开他，投别处去。"当夜刘备带着人马投到了朱儁的帐下。

朱儁对他们十分重用，令刘备为先锋讨伐张宝。在和张宝的战斗中，他们奋勇作战，张宝被刘备射中，落荒而逃进了阳城

（今河南登封东）。朱儁带领人马把阳城团团围住，一直围了一个多月。后来，张宝的手下杀了张宝，投降了汉军。朱儁平定了数郡，派人向朝廷进表奏功。朝廷正准备封赏时，黄巾军的余党赵弘、韩忠、孙仲等在宛城（今河南南阳）又聚集了十万多人，扬言要为张角报仇。于是，朝廷又下诏，命令朱儁去围剿。朱儁率部到了宛城，派刘备、关羽、张飞攻城，他们几进几退，把黄巾军赶进了宛城。朱儁分兵把宛城四面团团围住，又断了城中的粮草。韩忠只得派人出城投降，朱儁不答应。刘备说："过去汉高祖打天下时都能招降纳顺，您为什么不这样做呢？"朱儁笑着说："这是因为现在的形势不同当年。那时天下大乱，所以要招降纳顺，扩大势力；而现在海内统一，只有黄巾军闹事。他们得意时就恣意抢劫，一失利就投降。在这种情况下招降，只会长他们的志气。"刘备觉得他说得很有道理，就出主意："不接受他们投降是对的。现在四面围得像铁桶一般，他们乞求投降不成，必定要拼死一战，那力量就更大了，况且城中还有数万百姓……不如撤掉东南的围兵，留西北全力攻击，他们一定会从东南逃窜，这样就能活捉韩忠了。"朱儁听了高兴地说："高见！"就按刘备的计谋行事。朱儁亲手射杀了弃城而逃的韩忠，刘备杀了孙仲，南阳一路十多个郡都平定了。朱儁胜利回京，被升为车骑将军、河南尹。朱儁保举孙坚、刘备等人。孙坚因朝廷有人，被封为别郡司马，告别刘备走马上任去了。只有刘备兄弟三人等了很长时间也没得到任何封赏，他们心情都很烦闷。

一天，他们在街上闲逛，遇到郎中张钧的车队，刘备拦住他，叙述了曾围剿黄巾军并多次立功的事。张钧听后，立即入朝见了天子，告了十常侍宦官任人唯亲、赏罚不明、卖官害民的罪行。皇上为了安抚人心，就给刘备一个中山府安喜（今河北定州东南）县尉的官位。刘备把队伍遣散回家，只带了二十多个人，与关羽、张飞一起到安喜县上任。到了安喜，刘备关心百姓的疾苦，采取了许多治乱安民的措施，只一个多月，就使安喜县变成一个无人犯罪的地方，刘备也深受老百姓的爱戴。过了四个月，朝廷要淘汰一批有功的官吏，派督邮（官名，相当于监察官，很有实权）到安喜巡视。刘备出城迎接，见了督邮慌忙下马施礼，督邮坐在马上只是动了动鞭子就算答礼，关羽、张飞在一旁看了很生气，但也是敢怒不敢言。刘备把督邮迎到馆驿，督邮高高在上地坐着，刘备毕恭毕敬地在阶下站着，足足有两个时辰，督邮才用眼角扫了刘备一眼，慢条斯理地问："刘县尉是什么地方人哪？""我是中山靖王的后代。自从涿郡围剿黄巾军起，大小打了三十多仗。"于是刘备把作战经过大致介绍了一下。谁知督邮听了，用手把案台一拍说："你这小子竟敢冒充皇亲，虚报战功，现在朝廷已下了诏书，正要清除你们这些贪官污吏。"刘备吓得未敢吭声。回到县里，有人告诉他："督邮逞威无非是想要贿赂。"刘备说："我对百姓秋毫无犯，哪里有东西给他。"

第二天，督邮又把县里当差的全叫去，要他们去揭发刘县尉害民的事。刘备要进去分辩，被挡在门外，只好闷闷不乐地回县府。张飞也为督邮巡视的事生气，在酒楼喝了一阵闷酒，回家路过驿站（古代供传递政府文书的人及往来官员中途更换马匹或休息、住宿的地方）时，看见五六十个老人正围在门前痛哭。张飞忙问缘由，众人说："督邮威逼县吏，要害刘县尉，我们想进去求情，不但不让进，还把我们打了一顿。"张飞听了怒火冲天，牙齿咬得格格响。他滚下马鞍，不顾一切地冲进去，看见督邮正坐在厅上，把县吏都捆在地上，张飞大声喝道："害民的贼，认识我吗？！"督邮还没来得及说话，就被张飞一把揪住头发踢出馆驿，一直拖到县衙门前，绑在拴马柱子上。张飞折下树上的柳条，朝督邮的两腿就抽，督邮被抽得嗷嗷直叫。刘备正在生闷气，听到门前人声鼎沸，出来一看，大吃一惊。张飞说："这种害人的狗官，不打死他还等什么！"督邮见了刘备连连哀求："玄德公救命！"刘备忙喊张飞住手。关羽也从旁边出来说："哥哥，您立了这么多大功，只做了个小小的县尉，还要遭督邮的轻视和诬陷，我看这里不是凤凰栖身的地方，不如杀了他，不当这官，回家再说。"

刘备见事情闹到这地步，关羽的话又很有道理，就把官印拿来挂在督邮的脖子上，指着他的鼻子说："像你这样贪赃枉法的害民之徒，应当杀了你，只是我还不忍心。给，还你官印，这个官我不做了！"四周的百姓苦苦相留，都说："刘县尉来了，我们才过上平安的日子；你走了，我们怎么办呢？"刘备看着跪在自己面前的百姓，十分伤感，拱手拜谢说："父老乡亲们，我今天得罪了督邮，在这里实在待不下去了，只好告辞，请大家谅解。"于是，三人告别了依依不舍的乡亲，连夜回到涿县。督邮回去后告到定州太守那里，太守写了文书，要派人捉拿刘备。三人听到消息，又匆忙带着家中老小逃到代州（今山西代县）投了刘恢。刘恢见刘备是汉室宗亲，就收留了他，把他藏在家中。刘备在围剿黄巾军时南征北战，立下了汗马功劳，然而却落了个无处安身的结果。

黄巾军起义虽然被镇压下去了，但朝廷仍被宦官十常侍把持，人民生活在水深火热之中。各地不时爆发大大小小的起义。刘备三人投奔定州刘恢后，正值张举、张纯在渔阳（今北京密云西南）举兵造反。朝廷封刘虞为幽州牧，讨伐张举、张纯。代州牧刘恢趁机把刘备推荐给刘虞。刘虞任命刘备为都尉。在讨伐张举的战斗中，刘备又立下战功。刘虞向朝廷奏表，报告了刘备的功劳，于是朝廷赦免了他鞭打督邮的罪名。同时北平（今河北丰润南）太守公孙瓒又向朝廷报告了刘备在围剿黄巾军时的战绩，刘备被朝廷封为别部司马，让他出任平原（今山东平原西南）县令。刘备到了平原县重整旗鼓，使平原县气象一新。

东汉光熹元年（公元189年），汉少帝刘辩继位。外戚大将军何进为了除掉宦官势力，决定召并州（今山西、内蒙古、河北一带）牧董卓进京。董卓是一个极其残忍的家伙，本来就有侵占中原的野心，这次趁何进征召的机会进了洛阳。他玩弄权术，独揽兵权，废了少帝，让刘协即了皇位，即汉献帝，自己当了相国。他的倒行逆施搅得洛阳城一片混乱。因此，各地州郡都趁洛阳大乱，借声讨董卓的名义纷纷起兵。其中声势最大的是袁绍。东汉初平元年（公元190年），在曹操的提议下，各路讨伐董卓的大军共十几万人马在陈留（今河南开封东南）集合，组成一支联军，推举袁绍做了盟主。北平太守公孙瓒在去陈留会盟的途中经过平原县时，见到刘备。当他得知刘备还只是个小小的县令时，就劝他说："现在董卓作乱，天下诸侯准备共同讨伐他。你是否愿意扔下这一官位一同讨伐董贼，为扶汉室出力？"刘备说："当然愿意。"张飞说："要是当初我杀了这贼，哪有今天的事！"关羽说："事到如今，我们还是赶快收拾行李走吧！"于是，三人跟随公孙瓒到了陈留。

各地起兵讨伐董卓的消息传到洛阳，董卓也有些害怕了。他派手下一员叫华雄的大将到汜水关来对付联军。华雄作战勇猛，连杀了袁绍的几员大将。袁绍急忙召集众诸侯商议。刘备三人也跟在公孙瓒的身后来到大帐内。袁绍看这三人相貌不凡，而且都在暗暗地冷笑，就问公孙瓒："你身后站的是什么人？"公孙瓒介绍说："是我自幼同窗读书的兄弟，平原县令刘备。"曹操在一旁问："就是那个大破黄巾军的刘玄德？"公孙瓒说："正是他。"公孙瓒让刘备来拜见袁绍，并把刘备的功绩细细地向袁绍做了介绍。袁绍让人给刘备取座，刘备不敢坐，一再推让。袁绍说："我不是敬你的官位，我敬你是因为你是帝室的宗亲，并且为国家多次立功。"刘备这才拜谢了，在阶下的末尾坐了下来。大家继续商议。这时帐外来人报告说华雄又来叫阵，并且又一连斩了两员大将，大家一听都吓得手足无措。袁绍急得直拍大腿说："难道就没有一个人能战华雄？"没人答话。这时，阶下传来一声大喊："小将愿往！"袁绍问："这是谁？"公孙瓒说："是刘备的义弟关羽。"袁绍问他："现在是什么官位？"公孙瓒说："跟随刘备当马弓手。"袁绍的弟弟袁术听了，生气地说："你们是欺侮我们没有大将啊！一个弓箭手也敢在这里胡言乱语，给我用乱棒打出去！"曹操急忙拦住说："请您息怒。这人既然敢说出这话，必定有点本领，可以让他试试；如果不能取胜，再赶他也不迟。"袁术还是不同意，说道："不行，让一个弓箭手出战，一定会叫华雄讥笑的。"曹操说："我看关羽仪表不俗，华雄怎么会知道他是弓箭手？"关羽又上前说："如果不能取胜，就斩我的头！"曹操倒了一杯热酒让关羽喝了上阵，关羽说："酒先放着，我去去就来！"说着，就提刀上马出了军帐。

众诸侯只听见外面鼓声大震，一个个大气都不敢出，不一会儿就见关羽大步流星地走进帐内，把华雄的头掷在地上，一口气喝下那杯还有余热的酒。关羽只一个回合就杀了华雄，张飞激动地从刘备后面跳出来高声说："俺二哥斩了华雄，还不赶快杀进关去活捉董卓，还等什么？"说着，就要上马去抢关。袁术气得骂道："我们这些大臣尚且都很谦让，一个县令手下的小兵竟敢在这里耀武扬威，都给我赶出去！"曹操又来劝："既然是立功受赏，为什么要计较地位的贵贱呢？"袁术说："好，既然你们要用一个小小的县令，那我就走好了。"曹操考虑不能为一句话而误了大事，只好让公孙瓒带刘备三人先回营寨，暗中又派人给他们三人送去酒菜慰劳了一番。

董卓见华雄被杀，又起兵二十万，分成两路：一路五万人把守汜水关，他自己率领十五万人马同李儒、吕布等人来攻虎牢关（今河南荥阳西北汜水镇西）。虎牢关离洛阳五十里。他让吕布带

领三万人在关前安营扎寨，自己在关上屯驻。袁绍得到消息后，兵分八路，到虎牢关迎敌。但由于吕布武艺高强，八路军马连连失败。曹操建议："吕布太勇猛，真是天下无敌。我们应该集八路诸侯共同捉吕布。只要除了吕布，董卓就容易对付了。"正商议着，兵报说吕布又来叫阵了。于是袁绍命令八路军马一起上阵攻打吕布。吕布首先冲向公孙瓒，公孙瓒挥铁槊去应战，只战了两个回合就败下阵来。吕布骑着千里马"赤兔"在后面紧追不放，眼看就要追上公孙瓒，吕布举起画戟就朝公孙瓒后心刺去。正在这千钧一发之际，张飞冲出阵直奔吕布，吕布就放过公孙瓒来战张飞。张飞开始还精神抖擞，渐渐地，枪法就有些乱了，吕布却越战越勇。关羽见了，把马一拍，挥舞着八十二斤的青龙偃月刀上来夹击吕布，三匹马呈丁字形厮杀，战了三十多个回合，还是胜不了吕布。刘备心想：这时我不下手，还等何时啊！于是，高擎双股剑从侧面冲上去。这兄弟三人围着吕布像围灯似的厮杀，直杀得烟尘滚滚，天昏地暗，八路人马都看呆了。吕布渐渐抵挡不住了，就朝刘备脸上刺来，刘备一躲闪了过去，吕布冲开阵脚，倒提着画戟退逃了。三人哪肯放过，在后面紧紧追赶，八路人马也跟在后面追杀过来，他们一直把吕布追到关下。张飞看见关上被风吹动的青罗伞盖，大声说："关上一定是董卓，不如先捉了董卓，斩草除根。"说完，就往关上冲。但是关上的乱箭像雨点似的射来，进不去，只好收兵回营。这一仗，刘备三兄弟大战吕布，被后人传为佳话。从此，刘备的英名威震天下。

虎牢关大战结束后，董卓听从了李儒的建议，逼迫汉献帝迁都长安（今陕西西安西北），自己留在洛阳附近对付联军。献帝走后，董卓一把火把宫殿、官府、民房全部烧光，洛阳周围二百里内鸡犬不留。在通往长安的路上，饿死的、踩死的、打死的人不计其数。

仁义为本，皇叔之名传四海
● ● ● ●

东汉初平三年（公元192年），王允设计和吕布一起诛杀了董卓。董卓之乱后，东汉王朝已是名存实亡，失去了对各地州郡的控制。各地的官僚也乘机争夺地盘，形成了许多大大小小的割据势力，其中势力较大的有冀州（今河北中部和南部、山东西部、河南北部）的袁绍，南阳的袁术，荆州（今湖北、湖南大部及河南、贵州、广东、广西等的一小部分）的刘表，徐州的陶谦、吕布等，他们互相争战。曹操的势力原来很小，后来他打败了进攻兖州（今山东西南部和河南东部）的黄巾军，招安了降兵三十余万人，在兖州建立了自己的据点。有了安身之地，曹操派人去琅琊郡（今山东临沂北）接父亲曹嵩。曹嵩经过徐州时，受到太守陶谦的热情接待。谁知陶谦手下一个叫张闿的人，贪图钱财杀了曹嵩，夺取财物逃走了。曹操听到全家被杀，悲愤欲绝，发誓要为父亲报仇，起兵到徐州，把徐州城团团围住。

　　陶谦派手下糜竺到北海（今山东昌乐西）向孔融求援。谁想到，这时黄巾军管亥领了十万人马到北海来借钱粮，孔融当然不答应，结果被管亥围在城中。正在焦急万分的时候，有个叫太史慈的人，因为曾经得到过孔融的帮助，于是冲进城里要帮助孔融。孔融就派他去请刘备来解围。太史慈冲出重围，连夜赶到平原县，见了刘备，送上孔融的书信。刘备感到十分吃惊：想不到孔北海也知道世上有个刘备！他立刻和关羽、张飞点了三千精兵到北海，杀了管亥，解了北海之围。孔融把刘备迎进城，大摆宴席款待刘备。席间，孔融把糜竺叫来见刘备，叙说了陶谦求援的前后经过。刘备说："我知道陶谦是个诚实仁义的人，今天却受到这样无辜的冤枉。"孔融对刘备说："你是汉室宗亲，现在曹操不仁，残杀百姓，倚强欺弱。古人说'见义不为，无勇也'，你是不是能和我一起去救徐州的危难呢？"刘备说："不是我推辞，实在是兵马太少，不敢轻举妄动。"孔融说："我与陶谦也只有一面之交，还尽所有的力量去救他；你刘备是当今的豪杰，希望你能像救我一样去救陶谦。"刘备无法再推辞了，就说："好吧！请您先去！让我到公孙瓒那儿再借三五千人马，随后就到。"于是，刘备告别了孔融，立刻去见公孙瓒。公孙瓒说："曹操与你无仇，为什么要去替别人出力呢？"刘备说："我去劝曹操罢兵。"公孙瓒说："曹操是一个十分悖强的人，怎么会听你的话。"刘备说："我已经答应孔融了，怎么能失信呢？"公孙瓒见刘备主意已定，只好答应借给他两千人马和手下将领赵云，刘备和赵云一起带领两千人马赶到孔融的营寨。

　　孔融说："曹操一向善于用兵，我不敢轻易进攻。"刘备说："只怕徐州城没有粮食，难以持久。"于是，留关羽、赵子龙领四千兵马帮助孔融，自己和张飞冲出曹操的包围圈，到徐州去见陶谦。曹操派于禁阻截，刘备和张飞全力拼杀，打退了于禁，一直奔到徐州城下。陶谦在城上看见写着"平原刘玄德"的旗帜，让人赶快打开城门把刘备迎进城。陶谦见刘备仪表堂堂，心中就十分喜欢，觉得刘备是个可以信赖的人。他让糜竺把徐州的牌印取来交给刘备，刘备大惑不解地说："您这是什么意思？"陶谦说："现在天下大乱，帝王懦弱，奸臣弄权，先生是汉室宗亲，正应当为国出力。我年已六旬有余，无德无能，是个朝不保夕的人了，而您名传四海，是当今世上的豪杰，完全可以领徐州，我自会写表文申奏天子，请您千万不要推却。"刘备听了，慌忙跪在地上说："刘备虽然是汉室后裔，但功微德薄，现在做了平原相都不称职。我是为了大义，暂时来帮助您的，为什么说这些话？不是您怀疑我刘备有并吞徐州的心吧？！如果我有这个念头，皇天在上，让他不保佑我！"陶谦扶起刘备说："我说的都是真心话。"并再三让牌印给刘备，刘备就是不接，对陶谦说："现在曹操正在围城，我先写一封信派人送去与他讲和；如果他不答应，再打也不迟。"

曹操见了刘备的信，气得大骂："刘备是什么人，也敢来劝我！"就要杀来使，被手下谋士郭嘉劝住了。两人正商量回信的事，忽然收到曹仁派人送来的告急信。原来吕布投奔了张邈，张邈听了吕布谋士陈宫的计谋，派吕布进攻兖州，曹操说："如果失掉兖州，那我就无家可归了。"郭嘉献计说："主公您正好卖个人情给刘备，赶快退兵回兖州，免得遭天下人耻笑。"于是，曹操写了回信给刘备，率兵回兖州去了。

陶谦看了曹操的回信，心中一块石头落了地，派人四处送信，请孔融、田楷、关云长等人马都来到徐州聚会，请刘备坐了主位，当着众人的面说："我年纪已大，精力不济了，两个儿子又无能，担负不了国家重任。刘玄德是帝室之亲，完全可以领徐州。这样，我就可以退休养病了。"刘备说："文举（孔融的字）让我来救徐州，是从义的角度考虑的，现在却要我占据徐州，不知道内情的人还以为我不义呢！"糜竺也劝："现在天下大乱，正是建功立业的好机会。徐州地方富庶，人口众多，您就不要推辞了。"刘备还是坚持："这事决不能做。"陶谦的手下陈登也在一旁说："陶府君年老多病，已不能处理正常公务，您就不要推辞了吧！"刘备想了想，说："袁绍四代为官，现在势力又大，为什么不把徐州给他呢？"陈登一听，立刻说："袁公骄傲自大，不是治乱的人。"孔融摇着头说："袁公就好比坟中的枯骨，哪是舍家为国的人？今天的事是天赐良机，玄德公如不答应，将来后悔就来不及了。"刘备还是不肯允诺。陶谦抱着刘备痛哭，说："您如果不答应，我是死不瞑目啊！"关羽在一旁劝道："既然使君真心相让，哥哥，您就先领了徐州吧。"张飞更急了："又不是我们硬要他的地方，把牌印给我，不管哥哥他肯不肯。"刘备也急了，说："你们要陷我做不仁不义的人，我就死！"说着，就要拔剑自刎。赵云赶紧夺去了他的佩剑。陶谦见刘备执意不肯，只好说："如果玄德公不肯答应，又愿意帮我，那离徐州不远有个叫小沛（今江苏沛县）的地方，就请驻军小沛，以保护徐州。有什么事，可以随时援救。"大家都劝刘备去小沛，刘备只好答应。陶谦犒劳全体将士后，孔融等人各自回去了。赵云要告辞，刘备舍不得，硬是留他又多住了两天，才依依不舍地分别。刘备和关羽、张飞来到小沛，修葺（qì）城墙，安抚百姓，把小沛管理得井井有条。

这一年闹蝗灾，饥荒四起，曹操缺少粮食，只得带军回鄄（juàn）城（今山东鄄城北）度饥荒；吕布也退了兵到山阳（今山东金乡西北）去了，两处暂时停战。

再说陶谦在徐州病倒了，病情一天比一天严重，他请糜竺、陈登来商量后事。糜竺说："曹操放弃徐州是因为吕布袭击兖州，现在又因为大荒而暂时停战，等到了明年春天，肯定又会再来。您要让位给刘备，虽然让了两次，但那时身体还健康，现在您重病在身，正可以以此为理由，再次让徐州给刘备。"于是陶谦派人到小沛去请刘备。刘备带了关羽、张飞和十几名随从来到徐州。陶谦把刘备请到自己卧室的病榻前，对他说："我请您来，不为别的事。现在我病入膏肓，朝不保夕，望您以国家为重，接受牌印，我死也闭眼了。"刘备说："您有两个儿子，为什么不传给他们？"陶谦无奈地说："我的两个儿子都不是做官的人，只能种田。我死后，还望您能替我教育他们，千万不能让他们掌管政事。"刘备说："我一个人怎么能管得了这么多城池呢？"陶谦说："我举荐一个人，可以辅佐（协助）你。"说完，立刻派人去北海请孙乾。陶谦又对糜竺等人交代："玄德公是当今的杰出人才，你们要好好帮助他。"刘备还想推托，陶谦用手指指自己的心，就断了气。众官在徐州城为陶谦举行了隆重的葬礼。众人再次拥戴刘备为徐州牧，刘备只是一个劲儿地推让。参加葬礼的百姓都纷纷跪在地上，流着眼泪说："您如果不领徐州，我们只能死在奸党手中了！"在这种形势下，刘备不得不答应，做了徐州牧。刘备义领徐州牧的故事千百年来一直是人们的美谈。

刘备做了徐州牧，曹操知道后气得直发抖，说："我的仇没报成，他却不费一刀一枪就坐得徐州……"说完就要领兵去攻打徐州。他手下的谋士荀彧（yù）帮助曹操分析了当时的形势，认为在军队缺少粮草的灾年攻打徐州没有好处，不如先攻打黄巾军余党何议，夺了他的钱粮来养三军。这样，朝廷欢喜，手下人高兴。曹操采纳了他的意见。在这次战斗中，曹操又夺回了兖州，并在定陶（今山东定陶西北）打败了吕布。吕布失败后还想再战，谋士陈宫劝吕布说："现在曹操的势力越来越大，你争不过他，还是先找个安身之处，以后再说。"吕布问能到哪儿去，陈宫建议："最近听说刘备新领了徐州，可以先到他那里去，休整休整再从长计议。"刘备接到吕布要来徐州的消息，赶忙让人做欢迎的准备。他对众人说："吕布是当今的英雄，应当出城迎接。"糜竺提醒刘备："吕布是个虎狼之徒，不能收留，他会伤人的。"刘备说："上次要不是他袭击兖州，怎么能解了徐州的危难？我能得到徐州，还真是得力于他呢！他如果要徐州，我也应当让给他，况且吕布也没有这个心。"张飞也来劝："大哥，您的心肠太善了，虽然是这么说，也应当提防着点。"刘备说，他心中有数。于是，亲自带领数千名军士出城三十里去迎接吕布，把吕布迎到了州府大厅。宾主坐定后，吕布说："自从杀了董卓后，我吕布一直飘零关东，各地诸侯都不接纳我。上次你奋力救徐州时，我袭击了兖州，分散了曹操的力量，因而遭到曹操的追杀。今天，我来徐州投奔你，是想咱们共同为国家出力，再安汉室，不知道你的意见如何？"刘备一面让人去拿牌印，一面对吕布说："陶府君最近不幸去世，没有人管理徐州，因此让我领了徐州牧。现在有幸将军来到这里，我这无才无德的应该让位给有德有才的人了，我情愿把牌印交给将军。"吕布没想到会有这么好的事，心中暗暗高兴，伸出手就想去接牌印，但抬眼看见刘备身后的关羽、张飞等人，个个瞪着眼看着他，特别是张飞的手已经按着刀鞘，吕布赶紧把伸出的手拍拍刘备的肩，哈哈一笑，说："我吕布只是勇夫一个，怎么能做得了徐州牧。"刘备还要让，陈宫赶忙上前对刘备说："强宾怎能压主，请使君不要怀疑。"刘备这才作罢，设宴为吕布接风，又让人收拾了宅院安顿（安排，使人或事物有着落）吕布。

第二天吕布回请刘备。关羽、张飞都说："昨天吕布那个样子，分明是有夺徐州的野心，哥哥要小心。"刘备不以为然地说："我以善心待他，他也就不会负我的。"刘备、关羽、张飞三人一块到吕布那儿赴宴。酒席结束后，吕布把刘备请到卧室，请他坐在床上，把妻子、女儿叫出来拜见刘备。刘备一再谦让，吕布按住刘备说："请贤弟受我一拜。"张飞一直在旁边冷眼看着吕布，听到这句话，拔出剑来大叫："我哥哥是金枝玉叶，你只不过是别人的奴才，怎么也敢把我哥哥叫贤弟？你来，我先跟你斗个三百回合！"刘备慌忙叫张飞住口，关羽把张飞拉出屋子，刘备赔着笑脸说："我这弟弟脾气不好，酒后说胡话，请吕兄千万不要见怪。"吕布十分尴尬，无话可说。吕布送刘备出门，只见张飞骑着马、晃着剑，大喊大叫："吕布，我和你拼个三百回合！"刘备跨上马把张飞拖走了。吕布感到像这个样子在这里是待不下去的，第二天来向刘备辞行，坚持要走。刘备再三向吕布赔礼，又派人去喊张飞，要张飞给吕布道歉，张飞就是不肯。刘备只好对吕布说："离徐州不远有一处地方叫小沛，是我曾经住过的地方。如果将军不嫌小，就暂时到那里去。小沛粮食充足，去了，看还缺什么，我派人给您送去。"吕布看刘备如此诚心实意地挽留，加上也没地方去，就带着家小到小沛去了。

东汉兴平二年（公元195年），长安的李傕（què）和郭汜（sì）发生火并。外戚董承和一大批大臣带着汉献帝逃回洛阳。洛阳的宫殿早已被董卓烧光了，到处是残垣断壁（残缺不全的墙壁。形容房屋遭受破坏后的凄凉景象），荆棘遍野。汉献帝住在一个官员的破房子里，大臣们只好住在临时搭起的破草棚中。最大的困难是没有粮食，这些平时养尊处优的官员只得自己挖野菜充饥，有些人吃了几天野菜，就饿死在破草棚里了。汉献帝派人到各处奔走，让人给朝廷送粮，但是大家都忙着自己争地盘，哪有心思管天子。

这时，曹操驻扎在许昌，知道天子的境遇后，采纳了荀彧的建议，在建安元年（公元196年）把汉献帝接到了许昌。许昌就成了东汉临时的都城，从此称为许都。曹操在许都给献帝建立了宫殿，自封为大将军，并开始用皇帝的名义向各地发号施令，还吸收了荀攸、满宠等一批有才能的谋士，他的势力越来越强大了。曹操安定了许都后，又开始想徐州的事了。他和谋士们商量说："现在刘备驻在徐州，吕布又投了他，在小沛休整。如果这两个人联合起来，可是我的心腹大患。"荀彧向曹操献了个"二虎争食"的计谋。他说："这个计就像山岩下面有一对饿虎在寻找食物，山上投点食物下去，二虎必然去争食，两虎争斗必有一伤，一只虎伤了，另一只虎也就容易对付了。现在刘备虽然领了徐州牧，但没得到朝廷的正式任命。主公可以用皇帝的名义正式任命他为徐州牧，同时又秘密命令刘备，让他杀了吕布。吕布除了，对付刘备就容易了。如果刘备杀不了吕布，吕布就一定会杀刘备。"曹操就按荀彧说的，封刘备为镇东将军、宜城亭侯，正式领徐州牧。

刘备在徐州听说曹操把汉献帝接到了许都，正想派人去庆贺。忽然，有人报告说天子的使者到。刘备赶忙出城迎接，并设宴招待使者。使者说："曹将军在皇帝面前全力保举使君，所以皇帝颁布了这一任命。"刘备听了，连连拜谢。席间，使者又从怀中取出曹操的密信递给刘备。刘备看了，心中七上八下，拿不定主意，他对使者说："这件事，请允许我好好想想。"于是，先把使者安排在馆驿住下，连夜与关羽、张飞等人商议。张飞说："吕布这个不义的小人，杀了有什么关系！"刘备说："别人在穷困潦倒的时候投奔你，如果杀了他，那不是太不仁义了吗？"张飞无可奈何地说："唉，好人难做啊！"刘备不听张飞的话，心中已有了主意。第二天，一清早就有人报告说吕布到了。吕布跨进门就说："我听说朝廷使者到了，特来祝贺。"刚要下跪，张飞举着剑冲下大厅就要杀他，吓得刘备赶忙拦住。吕布也吓了一大跳，问："翼德，我与你无冤无仇，为什么总要杀我？"张飞用手指着吕布大声喊道："曹操说你是无义的小人，叫我哥哥杀了你！"刘备连忙连推带拉把张飞赶了出去，回来和吕布一同到了后厅，把事情的前因后果告诉了他，并把曹操的密信拿出来给他看。吕布看完信，禁不住泪水直淌，哭着说："这是曹操想让我们兄弟不和啊！"刘备安慰吕布说："兄长不要担心，我刘备绝没有这个意思，你尽可放心。县里的粮食不够，我派人给你送去。"刘备陪吕布用了早餐，亲自把他送出城外。关羽、张飞都不解地问："哥哥为什么不杀他？"刘备说："曹操怕吕布和我联合起来对他不利，故意想让我们两家互相争杀吞并，他好坐山观虎斗，从中得利。"关羽听了，恍然大悟地说："原来如此。"张飞还是不服气地说："反正我只想杀了这贼，以绝后患。"刘备说："好了，不要再多说了，你的主意不是一个光明磊落的人做的事。"刘备给曹操写了回信，只推说这事要从长计议。

　　曹操见这一计没成功，不免有些沮丧。荀彧又献了个"驱虎吞狼"的计策，叫曹操先秘密派人到袁术那儿说刘备要进攻南阳，让袁术起兵攻刘备，再派人向刘备明确下诏讨伐袁术，他们两边一打，吕布必然会起二心。曹操听了很高兴，于是先派人到袁术那里，再派使臣去徐州。刘备接到皇室命令，答应出兵，糜竺说，这肯定又是曹操的计策。刘备说："即使是计也要去，王命不能违抗。"就准备军马启程。孙乾说："还要有人守城。"刘备问关羽、张飞谁能守城。关羽愿意留下。刘备摇头说："我早晚要和你商量事情，你怎能离开我？"张飞也说愿意守城，刘备看看他说："你不能守城，你一喝酒就醉，一醉就发脾气鞭打士兵，加上你做事轻率，又不听人劝，我实在不放心。"张飞听了，手拍胸脯说："小弟我保证从今天起不喝酒了，也不打别人，保证听人劝。"刘备笑了，"你如能这样，我还有什么担心的。"糜竺在一旁说："只怕说得到，做不到！"张飞急了，对着糜竺大声说："我跟哥哥这么多年，什么时候失信过？你为什么说我坏话！"刘备见张飞急了，就说："你看你，性子总是这么急躁，我实在不放心。这样吧，请元龙（陈登的字）做军师，让他早晚盯着你。三弟你要少喝酒，免得误事。"刘备把一切安排妥当，

率领三万人，离开徐州，向南阳进发。

袁术听说刘备上书皇帝要讨伐他，怒火中烧，大骂刘备："你这个织席编鞋的小人，竟敢占据大郡县，与诸侯平起平坐，我早就想讨伐你，你倒先来害我。"于是袁术派上将纪灵领十万人马直奔徐州，两军在盱眙（今江苏盱眙东北）相遇。刘备兵少，就依山傍水安营扎寨。这一天，两军对阵，纪灵出马大声叫骂："刘备，你这村夫，竟敢侵犯我们的边境！"刘备回答："我是奉旨来讨伐叛贼的！"纪灵听了，拍马举刀就来战刘备。关羽大喊："大哥不要惊慌，有我在这里！"冲出阵与纪灵战了二十个回合，不分胜负。纪灵退下后，又派手下战将荀正出来应战。关羽说："快叫纪灵来，我要与他决个胜负！"荀正傲慢地回答："你只是个无名小卒，哪是纪将军的对手。"关羽听了，气得满脸通红，举大刀直奔荀正，只一个回合就把荀正砍下马。刘备带人一齐冲杀，打败了纪灵的人马。纪灵退守到淮阴河边，也不敢再交战，只是常常让一些士兵去偷营劫寨，每次都让徐州兵杀得败逃而去。就这样，两军相持着，不分胜负。

再说张飞自刘备走后，把一切政事都交给陈元龙，军机大事自己亲自处理。为了笼络人心，张飞设了一宴，请留守的官员喝酒。张飞举起酒杯说："我大哥临走时吩咐我少喝酒，恐怕我酒后误事。今天请大家来尽情喝一顿，从明天起就禁酒了，所以今天人人都要喝个够。"他亲自给每个人敬酒。当他举着酒杯来到陶谦手下的旧将曹豹面前时，曹豹为难地说："对不起，我从来不喝酒。"张飞听了，瞪着眼说："一个在疆场拼杀的男子汉哪有不喝酒的，我要你喝一杯，你就得喝！"曹豹怕他，只得憋着气喝了一杯。张飞敬完每个人，已喝得晕晕乎乎的了，他摇摇晃晃来到曹豹面前，又要他喝。曹豹说实在不能喝，张飞不讲理地说："你刚才都喝了，现在怎么又推却呢！喝！"曹豹再三推辞不喝，张飞生气了："你敢违抗我的命令，拉出去打一百军鞭！"陈元龙赶紧上来劝："玄德公临走时，是怎么说你？！"张飞一把推开他，说："你文官只管文官的事，不要来管我。"曹豹求饶似的说："请看在我女婿的面上，饶了我吧！"张飞醉眼惺忪地问："谁是你的女婿？"曹豹说："吕布。"张飞一听可气坏了："我本不想打你，你却拿吕布来吓我，我就非打你不可，借打你打吕布！"众人劝也劝不住。曹豹足足挨了五十鞭，回去后越想越气，连夜让人给吕布送信，告诉他说："刘备已到淮南去了，可乘张飞酒醉之时来取徐州。错过今天，后悔莫及。"吕布请陈宫来商议，陈宫也劝吕布："你待在小沛，什么时候才能发展？今天你如果不去攻徐州，我也不想留在这里了。"于是，吕布全副武装，手拿方天戟，领了五百名骑兵直奔徐州。到了城下，天还没亮，夜色朦胧，什么也看不清。曹豹让人开了城门，吕布不费力地杀进了城。

这时，张飞还在呼呼大睡，被左右推醒后，慌慌忙忙披挂上马，出了府门，正好碰上吕布。吕布知道张飞十分勇猛，不敢逼他，让他在十多名骑兵的保护下杀出了东门。曹豹见张飞人不多，就带了百十来个人追了上去。张飞见曹豹追来，拍马迎战，只战了三个回合，就把曹豹刺下了马。吕布在城中安抚居民，命令一百个人把守刘备的家门，不许任何人进去。张飞领了十多个人一口气奔到刘备那儿，滚下马来，说："吕布夜袭徐州。"大家听了，都惊得说不出话来。刘备叹口气说："得到时不欢喜，失掉也不忧虑。"关羽在一旁忙问："嫂嫂怎么样？"张飞说："都陷在城里了。"刘备只是默默无语，关羽气得骂张飞："你当初要守城说什么来着？哥哥又是怎么吩咐你的？现在城池丢了，嫂嫂也不知怎么样，你还有什么脸面来见兄长！"张飞听了，羞愧难言，无地自容，抽出宝剑就要自刎（割颈部自杀）。刘备一见，赶忙上前，一把抱住张飞，夺下剑，对他说："古人说过：'兄弟如同手足，妻子就好像是衣裳。'衣服破了还可以换一件，如果手足断了，怎么能再接上呢？我们三人桃园结义，不求同日生，誓愿同日死。今天虽然丢失了徐州、妻儿老小，但无论如何也不能让兄弟去死啊！吕布捉了我的妻儿，一定不会害他们的，我们可以设法去营救。"众人听了，无不感动得泪水盈眶。

袁术得知吕布夺了徐州，连夜派人到徐州让吕布出兵夹击刘备，并答应送他粮食五万斛（hú，旧量器，方形，口小，底大，容量本为十斗，后来改为五斗），马五百匹，金银一万两，彩缎一千匹。吕布高兴地答应了，命令高顺带五万人马从后面袭击刘备。刘备听说吕布来了，趁阴雨天匆匆离开盱眙，打算去取广陵（今江苏扬州北）。高顺到盱眙见到纪灵说："吕布派我来助战，顺便把银粮布匹运回去。"纪灵说："袁术回下邳（今江苏睢宁西北）了，让我见了主公后再给你们送去。"高顺回到徐州，正好袁术的信到了。吕布打开一看，信上写着："刘备还没除，捉了刘备再相送。"吕布气得撕碎了信，大骂袁术不守信义，喊着要去攻打袁术。陈宫劝他："不行，袁术占据寿春（今安徽寿县），兵多粮广，不容易攻下。不如把刘备请回小沛，到时让他做先锋，先攻袁术，再打袁绍，这样才能纵横天下。"吕布按照陈宫的建议，暗地里派人去接刘备。

刘备带兵到了广陵，又遭到袁术袭击，兵马丧失一半。正在走投无路的时候，接到吕布的信，刘备喜出望外，就要回徐州。关羽、张飞都说吕布是无情无义的小人，不能相信他的话。刘备却坚持说："他既然这样好心待我，我就不能随便怀疑他。"刘备回到徐州，吕布怕他有疑虑，叫人先把他的妻儿老小送回来，大家见了面，感慨万千。甘、糜二位夫人都说徐州失陷后，吕布派一百人守住家门，还经常派人送东西，并没有错待的地方。刘备听了，对关羽、张飞说："怎么样？我知道吕布不是无情无义的人！"刘备带人进城去谢吕布。张飞恨吕布，不愿见他，就护送刘备的夫人先去小沛了。

　　吕布见了刘备，说："我并不是要夺你的徐州，只是你的兄弟张飞在这里借醉酒杀人，所以我来替他守城。现在你回来就好了。"刘备感激不尽地说："唉，我早就想把徐州让给你。"吕布还言不由衷地推让，刘备坚持说："兄长是四海闻名的英雄豪杰，当然是你守徐州最好，小弟到小沛驻军很好。"吃完饭，刘备带人马去小沛。关羽、张飞心中一直愤愤不平，刘备一再劝解："大丈夫要能屈能伸，现在暂时屈就，要耐心等待时机，不要与命运抗争。"吕布也送来粮食布匹，并命刘备为豫州（今淮河以北伏牛山以东的河南东部、安徽北部）刺史。这样，两家暂时和好，相安无事。

待时而飞，大丈夫能屈能伸

· · · ·

　　袁术对刘备一直恨之入骨，总想找机会报仇。他手下的杨大将给他出主意："现在刘备驻在小沛，虽然很容易攻取，但吕布却虎踞徐州。上次说要送他钱物没给他，现在可以送他粮食金帛，收买他，让他按兵不动，这样攻打刘备就容易了。"袁术就派韩胤带着书信和财物去徐州，吕布高兴地接受了。于是，袁术派纪灵为大将，雷薄、陈兰为副将，进攻小沛。刘备得到消息后，召集大家商议。张飞极力主张出战。孙乾说："现在小沛兵弱粮少，怎么能抵抗？还是赶紧向吕布告急。"张飞说："那小子怎么肯来？"孙乾说："那就不如放弃小沛去投曹操。"张飞不同意，刘备最后定夺说："还是先向吕布告急。"吕布接到刘备的求援信后，问陈宫怎么办。陈宫说："刘备现在虽然受困，但日后必定会纵横天下，他是将军您的隐患，千万不能救他。"吕布说："如果让袁术并吞了刘备，袁术会联合泰山（今山东泰安东）诸将来攻打我，不能不救刘备。"吕布点了兵马，启程去沛县。

这边纪灵领兵长驱直入，已经在沛县东南扎下营寨。白天阵地上旌旗招展，夜晚灯火通明，鼓声震天，而沛县城里只有五千多人，但也只得出城布阵扎寨。这时，双方探子都报告吕布带兵在离沛县一里路的西南角安下营寨。纪灵知道吕布是来救刘备，急忙派人给吕布送信，谴责他不该言而无信，收了礼物又出兵，叫吕布不要救刘备。

吕布考虑再三，终于想出一个办法。他派人去请纪灵、刘备来赴宴。刘备见了请柬很高兴，就要去，关羽、张飞都说："哥哥不能去，吕布一定有诡计。"刘备骑在马上说："不会，我待他不错，他怎么肯害我呢？"说完就走，关羽、张飞只好跟去。来到吕布大营，吕布迎上前，笑着握住刘备的手说："我今天特地来解你的围，等到你将来得志，可不能忘了我呀！"刘备连连点头说："当然！"大家进了大帐坐下。外面报告说纪灵到了。刘备大吃一惊，站起身想回避，吕布拉住他说："别走，是我特地请你们二位见面的。"刘备猜不透吕布的用意，心里七上八下。纪灵进帐一看，刘备坐在那里，转身就要走，左喊右喊也喊不住。吕布上前拉住他的胳膊，像提个孩子似的把他拉进来，吓得纪灵说："将军要杀我吗？"吕布说："不是的。""那就是要杀'大耳贼'？""也不是！"纪灵催吕布快说。吕布说："刘备是我的兄弟，现在被你围困，所以我来救他。"纪灵吃惊地说："这样，就要杀我了。"吕布说："也没这个道理，我平生不好争斗，就爱替人家排忧解难。"纪灵问："怎么解？"吕布说："解决两家的争斗，我有一个办法，就是让上天来决定。"纪灵说："既然这样，那就进去再说。"纪灵到了帐内与刘备见面，吕布让他俩坐在自己的左右两边，端起酒杯，说："来，来，喝酒。"酒喝了数巡，吕布说："你们两家都看在我的面上，各自退兵吧！"刘备不答话，纪灵说："我是奉主公的命令，带十万人马来捉拿刘备，怎么能退？"张飞耐不住地喊道："我们兵虽少，但是并不怕你们，你们比百万黄巾军还多吗？看你敢伤害我哥哥！”说着就要动武。关羽拦住他说："别动，看吕将军怎么发落。不行，到时再各自回寨厮杀也不迟。"吕布说："我请求你们不要斗了！"这边纪灵愤愤不平地嘀咕，那边张飞喊着"快打"。

吕布装着生气的样子，站起身来让左右把他的戟拿来高高举在手中，吓得纪灵、刘备都变了脸色。吕布说："我劝你们不要再斗了，你们不听，现在只能听天命了！"他让人把画戟插在辕门外，拈起一支箭拿在手中，转过头对他俩说："辕门离中军有一百五十步，我一箭射中戟的中心，你们两家就罢兵；如果射不中，就各自回营安排厮杀。如果不听我的，我就把你们杀了。"刘备在心中暗暗祷告：但愿射中。吕布让他俩都坐下，又都各饮一杯酒。喝完酒，吕布挽起袍袖，搭上箭，拽满弓，口里喊着"中"，只听"嗖"的一声，箭就像流星似的射在画戟的正中，帐上帐下一片喝彩声。吕布把弓轻轻一扔，走过来，左手拉起纪灵，右手拉起刘备，哈哈大笑："这是上天命令你两家休战的。来、来、来，今天一醉方休，明天各自退兵。"纪灵说："将军的话，我不敢不听，但回去主公怎么肯相信呢？"吕布说："我会写信让你带回去的。"纪灵先走了。吕布对刘备说："今天不是我，你就危险了。"刘备连连拱手拜谢。第二天，三处军马都撤了。

吕布辕门射戟后不久，有人报告说，刘备在小沛招兵买马，不知是什么用意。吕布不以为然地说："一个带兵打仗的将领，这是分内的事，没什么奇怪的。"正说着，吕布派出买马的人回来报告，说他们买的三百匹好马在沛县边境被扮成山贼的张飞抢去了。吕布听了大怒，带着人马就奔小沛。刘备知道了，也慌忙带人来迎。刘备说："兄长为什么带兵到这里？"吕布指着刘备说："我辕门射戟救了你的大难，你为什么要夺我的马？"刘备说："我因缺少马匹，派人四下里去收买，怎么敢夺你的马？"吕布说："你让张飞夺了我的好马三百匹，还想抵赖！"张飞举枪跳起来说："是我夺了三百匹马，不知道是你的。"吕布气得大骂："你这环眼贼，三番五次挑衅，欺人太甚了！"张飞把眼一瞪，说："我夺了你的马，你就生气了，那你夺我哥哥的徐州，就不说了！"吕布听了也不答话，举戟出马就来战张飞，两人打了一百多回合，还不见分晓。这时刘备看见吕布的人马从四周慢慢围了上来，怕吃亏，赶紧鸣金收兵回城。吕布把沛城四周都围了起来。回到城里，刘备气得把张飞大骂一通："又是你，去抢了他的马，引来是非。马在什么地方？"张飞说都寄放在各寺院里。刘备立即派人到吕布那儿讲和，送还马匹。吕布就准备退兵了。陈宫阻拦说："今天不杀了刘备，日后他一定会杀了你，千万不能退兵。"吕布听了他的话，攻城更加厉害了。刘备急得赶忙与糜竺、孙乾商量，孙乾说："曹操最恨的人是吕布，不如丢了这城，到许都投奔曹操去，借曹军来打吕布。"刘备觉得有理，就让张飞在前突围，关羽压队，刘备自己在中间保护老小。三更后，乘着月色，故意打开西门喊战，而大队人马都从北门突围。张飞在前冲出了吕将宋宪、魏续的包围圈，关羽挡住了吕布的将领张辽的追击，逃出了沛县，一万人的军队只带出一半。吕布见刘备逃走了，也没再追赶，派高顺守小沛，自己回徐州去了。

刘备一路人马直奔许都。在许都城外安下营寨，派孙乾先去见曹操。曹操听说刘备来投，高兴地说："玄德就是我的兄弟，请他进城，我自有重用他的地方。"第二天，刘备把关羽、张飞留在城外，带着孙乾、糜竺进城拜见曹操。曹操以贵宾礼仪接待他。刘备叙说了吕布追逼的经过。曹操说："吕布是个不讲信义的人，我与贤弟要齐心协力对付吕布。"曹操设宴招待刘备，一直到晚上才送他出城。刘备走后，荀彧对曹操说："刘备是个有抱负的人，现在不除了他，必定会有后患。"曹操听了没说什么，又征求郭嘉的意见："荀彧劝我杀刘备，你看如何？"郭嘉说："不能杀。您兴义兵、为百姓除害，是依靠诚实信义来号召天下英雄豪杰的。刘备一向名声就很大，现在有难来投您，如果杀了他，您就落了个杀害忠良的罪名，那么天下那些有才能的人就不敢来了，您依靠谁来打天下呢？"曹操十分赞同他的主张，就把刘备请进城，给了他三千兵士，粮食万斛，下诏封为豫州牧，让他回沛县招集失散的人马围攻吕布。曹操也准备随后亲自前往征讨吕布。

曹操正做着准备，有消息传来，说张绣联合刘表在宛城聚集部队，商议要兴兵进攻许都抢夺皇上。曹操想起兵，又怕吕布会侵犯许都。荀彧又为曹操出了个主意，派人到徐州给吕布封官晋爵，安抚他。吕布听说封他为东平（今山东东平东）将军，就高兴地答应与刘备握手言和，共同消灭袁术。在攻打袁术的战斗中，吕布立了不少战功。曹操在对付袁术的过程中，一刻也没忘记要消灭吕布。在一次战斗中，吕布捉住了曹操派往沛县给刘备送信的密使，知道了曹操和刘备联合起来消灭他的用心，一气之下，联合了泰山的土匪，攻下了山东兖州数郡。又派高顺、张辽到沛城攻打刘备。刘备一边派简雍去许都向曹操告急，一边坚守沛城。刘备在城头上对包围沛城的高顺喊道："我过去和吕布没有怨仇，你为什么带兵到这里？"高顺气愤地说："你说谎！你联合曹操，想害我家主公，事情已经败露，你还想抵赖！"刘备无话可说。高顺在城下整整骂了一天，刘备就是不出战。吕布见攻不下小沛，亲自来叫阵，责问刘备为什么反目为仇。刘备在城上说："这不是我刘备的责任，是曹丞相送来天子的诏书给我，我不能不答应。"并苦苦相求，说得吕布心软了，于是只让军队围住城，并不进攻。

再说，简雍赶到许都报告了曹操，曹操派夏侯惇、吕虔、李典为先锋去沛县，他自己带着谋士们也陆续出发。吕布见夏侯惇到了，就撤掉围城的部队，去迎战夏侯惇。刘备见围军散了，知道曹军到了，就带着关羽、张飞出城助战，只留孙乾守城。吕布作战勇猛顽强，打败了夏侯惇，就来追杀刘备。刘备往回逃，吕布跟着一直冲进沛城，见一个杀一个，越战越猛。刘备来不及回家，只身逃出城，关羽、张飞也被打散了，只好带了些人马上山了。刘备在逃往山中的路上，遇到了只身逃出城的孙乾，两人见面抱头痛哭。刘备说："我的两个兄弟不知是死是活，妻儿老小也失散了，我不如死了的好。"孙乾劝慰他："千万不要这么想，还是先去许都，以后再说。"两人走小路往许都去，半路迎到了曹操，刘备叙说了失掉沛县的经过，曹操听了也伤心落泪。曹操下决心，汇集了各路军马，在徐州打败了吕布。

吕布败退下邳，曹操的军队把下邳城整整围了两个月。结果吕布手下的侯成、宋宪、魏续三人背叛了吕布，献了城。吕布被押上城楼，看见刘备，对他说："你今天是座上客，我却成了阶下囚，你为什么不能为我说句话呢？"刘备不理他，只对曹操微微点点头。曹操明白他的意思，问刘备如何处置吕布。刘备说："您不会忘了丁建阳、董卓吧！"曹操点点头。吕布知道没有生的希望了，睁大眼睛盯着刘备说："你这小子是最没信义的人！"曹操命令把吕布押下去，吕布回过头大声喊："大耳儿贼，你忘了辕门射戟了！"但一切都晚了。曹操杀了吕布、陈宫，收了吕布的大将张辽，带着刘备回许都见汉献帝去了。

面见献帝时，曹操介绍了刘备的功绩。按皇室的宗族世谱算，刘备还是汉献帝的叔叔，献帝特地把刘备请入偏殿，设宴款待，共叙叔侄之情。献帝请曹操为刘备议定官职，拜刘备为左将军，封宜城亭侯。至今，人们都把刘备称为刘皇叔。

曹操挟天子以令诸侯，权力越来越大。汉献帝对他专权深恶痛绝，一直想除掉他。献帝写了一道密诏，缝在衣带里送给了国舅董承，让董承设法除掉曹操。董承接到密诏后，就密约了种辑、吴硕、吴子兰、马腾、王子服等几个亲信商量。他们感到自己的力量不够，认为刘备是皇叔，一定会帮助他们。一天半夜，董承带着密诏来见刘备。刘备见他深夜来访，知道一定有要紧的事。当刘备看了献帝的密诏后，十分悲愤，慷慨陈词，历数曹操的罪行，答应董承，为匡扶汉室，愿效犬马之力，并在密信上签了名画了押。

刘备投曹操以来，虽然表面上，曹操很敬重他，进进出出都要刘备陪着；但刘备心里很清楚，曹操十分狡诈（狡猾奸诈），对人特别好猜疑，暗地里处处防备着他，经常派人暗中窥探他的行踪。刘备生怕曹操看出自己的心事，如今又答应了董承的请求，所以行事更加小心。为了迷惑曹操，刘备也不骑马射箭了，而是在后园种起菜来。关羽见了，责备说："哥哥，您不专心练武，为今后夺天下做准备，怎么倒干起开荒种菜这些小事来了！"刘备不便直说，只是笑笑，说："你不知道，别管了。"有一天，关羽、张飞都不在家，刘备正在园里浇菜，许褚、张辽带着十几个人骑着马慌慌张张来到后园，对刘备说："丞相有令，请您快去！"刘备心中一惊，不免紧张地问："有什么要紧的事？"许褚说："不知道，只是让我们来请您。"

刘备没办法，怀着忐忑不安的心情来见曹操。一进门，只见曹操板着脸说："你在家做得好大事！"一听这话，刘备吓得出了一身冷汗，心想：不好，难道他看出我的心事不成。曹操见他吓成这样，禁不住仰面哈哈大笑，拉着他的手走到后园说："玄德，你的菜种得不错啊！"刘备赶紧说："唉，没事消消闲。"心里却说，我在家做什么，他都打探得清清楚楚，我千万不可掉以轻心啊！曹操说："你看我园里的梅子已经青了，又有煮热的陈年好酒，所以特地请你来喝酒赏梅。"刘备这才放下心来，跟着曹操来到园内的小亭，只见酒和杯子都已摆好，两个人坐下来，开怀畅饮。

　　酒喝了一半，天空忽然阴云密布，眼看着暴雨就要来临了。一个侍从用手指着天边喊："快看，一条挂龙。"曹操就由天上的龙谈到了人间的英雄。曹操说："这龙随时势而变化，就好比我们人，得志者就能纵横天下，尤其是世间的英雄。"于是，他问刘备："玄德，你到过不少地方，必定知道谁是当今的英雄。"刘备说："我孤陋寡闻，不知道。"曹操说："不要谦虚，你心里一定有看法，说说看。"刘备推辞说："我承蒙你的提携，才能在朝廷为官，关于英雄豪杰，实在是不知道。"曹操说："你不认识但总听说过，不要紧，说说看。"刘备被逼得没办法，只得说："淮南袁术，兵精粮足，可以称为英雄。"曹操轻蔑地一笑："他是坟墓中的枯骨，我早晚要捉住他。"刘备又说："那河北的袁绍，是将门之后，今天又占据冀州，身边还有不少贤士能人，可以称为英雄。"曹操又摇摇头，说："袁绍做事不果断，干大事时怕损伤了身体，见了小利反而不要性命，这种人只是疥癣之辈，不是英雄。"刘备想了想，说："人称'八俊'、威镇九州的刘景升（刘表字景升）可以算作英雄了吧！"曹操又笑着说："刘表虚有其名，不是英雄。""血气方刚的江东领袖孙策呢？""唉，他是借了父亲的声名，还是个黄口小儿，不能算英雄。""益州的刘璋可以算吧？""刘璋是个为主人看家的狗，怎么能称得上英雄！"刘备掰着手指又说："那么张绣、张鲁、韩遂等人怎么样？"曹操摇着头，拍着手掌大笑说："这些全是庸庸碌碌的小人，不足挂齿。"刘备面露疑惑，无可奈何地说："那除此之外，我实在是不知道了。"曹操看了看刘备，说："所谓英雄，应该是胸怀大志，腹有良策。"刘备问："那么谁能算得上是英雄呢？"曹操眯起眼，盯着刘备的脸，用手先指指刘备，再指指自己，说："依我看，当今天下能称为英雄的人，只有将军您和我两人。"

刘备的心正被曹操刚才一席话搅得七上八下，听到这里，吓得打了一个寒战，手中拿着的筷子也掉在地上。就在这节骨眼上，天边闪过一道电光，紧接着响起一声炸雷，下起了大雨。曹操见刘备掉落了筷子，问："怎么筷子都掉了？"刘备一面赶紧弯下身子拾筷子，一面说："这个雷可真响，吓死我了！"曹操说："打雷是天地间阴阳撞击的声音，有什么可怕的？"刘备说："我从小就怕打雷，只要一打雷，吓得只恨没有地缝可以钻。"曹操听了，脸上露出冷冷的微笑。心里想，看来刘备也是个没什么大作为的人。就这样，刘备才算把惊慌的神情掩饰了过去，没让曹操看出破绽。

不一会儿，雷雨停了。张飞、关羽手提宝剑匆匆而来。原来，他们听说刘备让曹操请去了，怕有不测，就赶紧到相府来打听，见他们两人对坐饮酒才放心。曹操问他们为什么来，他俩只是推说来为他们饮酒舞剑添趣。曹操知道他们的用心，笑着说："我这里又不是鸿门宴，怎么用得上项庄、项伯！"刘备听后也笑了。酒席散后，三人告别曹操回府。一路上，关羽说："吓死我们俩了！"刘备也把失落筷子的事告诉他们。关羽、张飞还不理解是怎么回事。刘备说："曹操十分狡猾，好猜疑，我的一言一行他都派人监视。所以，我故意什么事不干，在后园种菜，这是让曹操觉得我是一个无所作为的人。我说自己怕打雷，是使曹操认为我像个胸无大志的小儿。这样，他才不会加害我。"关羽、张飞听了，钦佩地说："哥哥真是高明，有远见，居然能瞒过曹操。"

这次与曹操的谈话使刘备证实了一件事，那就是曹操已把他看作是唯一的对手了，将来决不会轻易放过他。从此以后，刘

备行事更加小心，一方面和董承他们联络，一方面寻找机会离开许都。正巧，袁绍派儿子到青州（今山东淄博东北、临淄北）去接应袁术，刘备对曹操说："丞相，袁术如果要投袁绍，必定要经过徐州，请丞相给我一些兵马，让我去半路狙击，一定能活捉他。"曹操听了很高兴，第二天报告了献帝。曹操让朱灵、路昭带五万兵马，任刘备为总督去捉袁术。刘备回到家，连夜整顿部队出发了。在路上，关羽、张飞问刘备："哥哥今天出征，为什么这么慌张、急速？"刘备说："我在这里，就好像是笼中的鸟、网中的鱼，这次曹操让我出征，就像是鱼归大海、鸟飞蓝天。曹操这个人只可共患难，不能与他同安乐。等到他一变心，那我就死无葬身之地了。"说着，带领部队催马加鞭直奔徐州。

　　曹操的谋士郭嘉听到曹操放走了刘备，焦急地对曹操说："丞相，您这次放走刘备，犹如放虎归山。刘备是个有雄才大略的人，又得民心，您怎么能放他走呢？"曹操经他一提醒十分懊悔，急忙派许褚去追，却已经来不及了。

暂投刘表，以待时机
· · · ·

  刘备离开许都，带兵去徐州攻打袁术，正马不停蹄地往前赶，只见后面尘土飞扬，关羽、张飞都说是曹操的追兵到了。刘备连忙安营扎寨，命令关羽、张飞全副武装，做好战斗准备。不一会儿，许褚便来到营前，刘备问他来做什么，许褚说："丞相有令，特来请将军回去，另有安排。"刘备说："将在外，君命有所不受。我这次出征是领了君命的，况且又是丞相亲自授权的。你回去替我禀报丞相，程昱、郭嘉曾经多次向我索要钱财，我没给他们，因此就在丞相面前说我的坏话，使丞相命令你来抓我。如果我是个不讲情义的人，就在这里把你杀了。我看丞相的情分不杀你，你快快回去。"许褚看看关羽、张飞一个个手持刀枪盯着他，知道刘备不会回去的，只好走了。

  刘备到了徐州，杀了袁术的大将纪灵。袁术只得上阵来迎战。刘备把人马分成三路，朱灵、路昭在左，关羽、张飞在右，两军对垒，刘备大骂袁术："你大逆不道，反叛朝廷，我今天奉命前来讨伐你。如果你束手投降，我可以引你见曹公，免你死罪！"袁术听了，气得高声骂刘备："你这织席编履的小人，也敢轻视我。"骂着就冲上阵来。刘备命令左右两路人马围上去，杀得袁术的军队丢盔弃甲，尸横遍野，一败涂地。最后袁军弹尽粮绝，袁术吐血而死。刘备听到袁术死了，向朝廷和曹操写了奏表，命令朱灵、路昭回许都，留下曹操的兵马。曹操听了朱灵的报告，怒火中烧，下决心要除掉刘备。荀彧献了一计，让曹操写信给徐州刺史车胄（zhòu），叫车胄在徐州杀刘备。车胄接到曹操的密令后，与陈登商量，决定在城边埋伏好人马，在迎接刘备进徐州时杀了他。陈登回家把这事告诉了父亲陈珪。陈珪吃了一惊，对儿子说："刘备是个仁义之人，怎么能害他？赶快去向刘备报信。"陈登听从了父亲的劝告，去给刘备报信，路上遇到先行的关羽、张飞。

张飞知道了，急着要去拼杀，关羽拦住说："他们是有准备的，我们这样去拼杀是不行的。我有一计，乘夜晚我们扮成曹操的军队来到徐州，引车胄出来迎接，然后杀了他。"军队里本来就有曹军的旗号。三更天，关羽、张飞带人来到城下叫门，城上问是什么人，士兵们纷纷回答是丞相部下张辽的人。守门的人报告车胄，车胄找陈登商议说："天黑看不清，如果不去迎接，就怕曹操知道后责备；迎接吧，又怕其中有诈。"商量完毕，车胄对城下喊道："天黑难以分辨，等天亮了再说吧！"城下一片喊声："快开门，别让刘备知道了。"车胄看看天快亮了，就亲自领着一千人马出了城，跑过吊桥，一面把人马分成两路，一面喊："文远（张辽的字）在哪里？"张飞手持长矛，纵马迎了上来，大声骂道："你这匹夫，竟敢设计杀我大哥！"车胄才知上了当，只好迎战，没战几个回合就抵抗不住了，掉转马头要回城。来到吊桥边，陈登在城上指挥士兵放箭，车胄一看进不了城，只好绕城逃走，关羽追上来，原想捉活的，谁知一刀下去就把车胄砍下了马。关羽把车胄的头割下来，提着来到城下对城上喊："叛贼车胄被我杀了，与你们无关，只要投降，就免你们死罪。"士兵们开了城门，纷纷弃甲扔刀，跪在地上投降了。刘备来到后见杀了车胄，惊慌地说："曹操知道了怎么办？"关羽说："怕什么，我和张飞去迎战他。"刘备心里很懊恼，但事到如今，只好进城去。

城里的百姓听说刘皇叔来了，纷纷扶老携幼夹道欢迎。到了州府，刘备得知张飞已把车胄一家都杀了，更是惶恐："车胄是曹操的心腹，今天杀了他，曹公怎肯罢休？如果兴兵来问罪，我们怎么办？"陈登在一旁说："我有一计，可以对付曹操。曹操害怕的对手是袁绍。因为袁绍占据冀、青、幽、并四州，有军队百万，还有众多的文官武将。您可以向袁绍求救。"刘备说："我虽然认识他，但一直没什么交往，现在又杀了他的兄弟袁术，他怎么肯帮忙？"陈登说："这里有一个叫郑玄的老官，他和袁绍三代世交，只要这个人写信给袁绍，袁绍一定会答应帮助我们的。"于是，刘备和陈登亲自到郑玄家求书。郑玄爽快地写了信。刘备派孙乾去给袁绍送信。袁绍仔细询问了徐州事件的经过，与手下谋士反复商讨决定起兵。他让孙乾先回徐州，然后命令审配、逢纪为统军，田丰、荀谌、许攸为谋士，颜良、文丑为将军，点了精兵三十万，前去进攻许都。曹操得知刘备杀了车胄，占据徐州，联合袁绍起兵进攻许都，与众谋士商议后，决定派前军刘岱、后军王忠带五万兵马，打着他的旗号去徐州捉刘备；他自己亲自率领二十万人马进攻黎阳（今河南浚县东南古黄河上），攻打袁绍。

刘备在徐州接到报告说曹兵已经离城不远了，立即召集手下商量对策。刘备拿不定主意，说："袁绍虽然有十万军马在黎阳，由于手下谋士和将领不和，都按兵不动。曹操也不知到底在

哪里。黎阳军中没有他的旗帜，徐州城外却有他的帐幔，不知情况究竟怎么样？"陈登说："曹操向来诡计多端，他必定以河北为重，亲自督战，所以故意不树旗号，而这里设的帐幔中，一定没有他。"刘备觉得陈登说得很有道理，就对关羽、张飞说："你们两人，谁能去探探虚实？"张飞抢着回答："小弟愿去！"刘备说："你性子太急躁，不能去。"张飞说："就是曹操在，我也敢把他捉来。"刘备急忙说："不行，曹操虽然是汉贼，但他现在是打着天子的旗号征讨四方的，名正言顺。我如果与他对抗，就是造反。"张飞说："这么说，那我们就束手就擒了？"刘备说："不是的，现在还看不出袁绍有相助我们的行动，如果再惹恼了他，兴兵来攻打我们，那可真是死无葬身之地了。"张飞不高兴地说："大哥，您尽长别人志气，灭自家威风。"刘备说："三弟，你没听说过'知己知彼（指对自己的情况和对方的情况都有透彻的了解），百战百胜；知己不知彼，一胜一负；不知己，不知彼，百战百殆'吗？这是万古不变的真理。我估计，徐州城里已没有粮食，而且兵士都是曹操原先的部下，咱们不是曹操的对手，绝不能轻举妄动。"关羽说："那也不能坐以待毙，我去看看动静。"刘备说："你去我放心。"于是关羽带了三千兵马，出徐州城来战王忠，没几个回合就活捉了王忠，押来见刘备。

刘备问："你是什么人，什么官职？敢冒充丞相！"王忠说："我怎么敢冒充。我是奉曹丞相的命令，在这里虚张声势，丞相并不在军中，他在黎阳。"刘备叫人给王忠换了衣服，吃了东西，先押下去。关羽说："我知道大哥有和解的意思。"刘备说："是啊，我就是怕翼德性子急，乱杀人，所以不让他去。这种人杀了没什么好处，留着还可以用来讲和。"张飞又急了，说："二哥活捉了王忠，我去生擒刘岱！"刘备说："刘岱曾经是兖州刺史。虎牢关讨伐董卓的时候，他也是一镇诸侯，今天是前军，千万不能轻敌。"张飞不屑一顾地说："这种人没什么可怕的，我也像二哥一样活捉了他就是了。"刘备说："只怕你要了他的命，坏了我的大事。"张飞拍着胸脯说："如果杀了他，我偿命。"刘备这才同意，让张飞带了三千人马去捉刘岱。张飞用了点小计谋，活捉了刘岱。刘备高兴地说："翼德一向鲁莽，今天也知道用智谋了，这下我就不担心了。"刘备见刘岱被张飞押来，慌忙下马为他解开绳索说："小弟张飞，多有冒犯，恕罪，恕罪！"然后把刘岱迎进徐州城，又放出王忠，备了酒菜招待他们。刘备说："先是车胄想谋害我，不得不杀了他。丞相就以为我要谋反，所以派你们二位前来问罪。我一直深受丞相器重，心里总是想着应当如何报答才好，只恨没机会，怎敢反朝廷呢？望二位将军回许都在丞相面前替我解释解释。"王忠、刘岱答应回去以两家老小的性命担保刘备的忠心。第二天，刘备放他们俩回许都去了。关羽说："曹操一定还会来的。"孙乾也说："徐州是必争之地，不能久留，不如分兵进驻小沛，守下邳，以防备曹操。"刘备命关羽守下邳，把甘、糜二位夫人（甘夫人是沛人，后封皇后；糜夫人是糜竺的妹妹）也送到了下邳，糜竺、糜芳、孙乾、简雍守徐州，刘备与张飞驻扎在小沛。

在这期间，董承等人密谋反曹的事情败露，曹操杀了董承和王子服等人。他知道刘备也参与了这件事，进一步看出刘备是个有雄才大略的人，不尽早消灭他，将来会后患无穷。因此，曹操亲自率领二十万人马，分兵五路来攻徐州。探子把这一消息报告了刘备，刘备十分紧张。孙乾建议向袁绍求救。刘备立即写信让孙乾送去。袁绍借口小儿子患疥疮，生命垂危，没有心思出兵。孙乾连夜赶回徐州报告刘备，刘备见袁绍不出兵，急得直哭，不知所措。张飞说："兄弟献一妙计，一定能破曹兵。我想，曹兵一路行军，一定很困乏，我们不等他扎好营寨就去劫寨。"刘备听了说："你素来有勇无谋，现在也晓得用计了。很好！就照你的计策办。"当晚，只留孙乾守小沛，兵分两路，刘备在左，张飞在右,踏着朦胧的月色去劫曹营。张飞自以为神机妙算,其实曹操早有防备,当他冲进曹营时,只见零零落落没有多少人马,正感到不妙时,一声炮响,火光四起。他知道中计,赶紧回头,带着十几个人杀出一条路,想去小沛,又被曹军截住去路,去徐州、下邳的路也被曹操亲自带的人马拦住;没办法,张飞只得往芒砀山(今河南永城东北)逃去。

再说刘备带着人马刚到寨门,就被后面冲出的一队曹兵截去一半人马,曹将夏侯惇又围了上来。刘备奋力突围,总算冲出来了,可是夏侯惇在后面紧紧追赶。刘备回头看看,只有三十多人冲了出来,又见小沛城中火光冲天,想去徐州,隔河一看,漫山遍野都是曹操的人马。刘备知道是无处可奔了,心想,袁绍曾经说过:"如果不如意时,可以相投。"看来,今天只有暂且投奔袁绍,以后再做打算了。主意拿定,刘备就往青州方向逃去。半路上又遇曹将乐进的阻拦,他奋力拼杀,最后只剩下他一人一马了。他不敢停留,一天跑了三百里,到了青州城。青州刺史是袁绍的长子袁谭。袁谭素来敬重刘备的人品,听说刘备来了,打开城门,接他进了城,又立即派人给父亲送信。袁绍听说后,亲自带领五万人马出邺郡(今河北磁县南)三十里来接刘备。刘备见了袁绍,感激涕零,跪拜在地。袁绍赶紧扶起刘备,说:"前次因小儿有病,没能去援救,心里一直感到不安。今天有幸能相见,了却了我日夜想见您的心愿。"刘备说:"我一直想投您门下,可惜没有机会,今天受到曹操的进攻,妻儿老小都丢了。我知道将军胸怀宽广,能容纳四方之士,也顾不得羞愧,前来相投,希望您能收留我。"就这样,刘备单身一人投奔了冀州袁绍。

曹操当夜占领了小沛,随即进兵徐州,糜竺、简雍守不住,只好弃城而逃;陈登献了徐州,投降了曹操。关羽保护甘、糜两位夫人,独守下邳。曹操用计攻破下邳。为了两位夫人的安全及打听刘备的消息，关羽有条件地暂且投降了曹操。

　　刘备单人匹马奔冀州投奔了袁绍，虽然袁绍热情待他，但刘备的心情一直很沉重。袁绍见他终日郁郁寡欢，问他原因，刘备说："我自从小沛兵败之后，两个兄弟没有音信，妻儿都陷落在曹操手中。现在是上不能报国，下不能保家，叫我怎么不忧愁。"袁绍劝他说："刘皇叔，不要烦恼，现在是春暖花开的时节，也是征战的大好时光，我正准备派兵进攻许都呢！"袁绍手下的谋士田丰劝袁绍不要轻易出兵，还是固守为好。袁绍听了，对出兵的事犹豫不决，又来和刘备商量。刘备说："这些舞文弄墨的书生，不愿征战，只会坐在家里空谈，白白拿将军的俸禄。您如果听了他们的话，就要失义于下。"袁绍听从了刘备的话，坚持要出战。田丰不顾一切地一次次劝阻，袁绍气得要杀他，还是刘备竭力相阻，才免他一死。袁绍把田丰关进大牢，然后派大将颜良为先锋进攻白马（今河南滑县东南）。

　　颜良初战告捷（战争或战役开始的第一仗就取得了胜利），连杀曹操两员大将宋宪和魏续。曹操只好请关羽来助战。关羽十分高兴地答应了，因为他可以趁机打听刘备的消息。关羽到了阵前，见颜良二话不说，手起刀落，将颜良砍下马，割下他的头献给曹操。颜良的败兵逃回来报告了袁绍，袁绍怒火冲天，大骂刘备："你兄弟关羽杀了我的爱将，你一定是同谋，留你有什么用！"说着就要杀刘备。只见刘备面不改色地说："将军，您听一面之词就要断绝我们的兄弟之情。我自徐州失败，妻儿老小都丢了，根本不知道云长在哪里。再说，天下同名同姓、长得相像的人多得很，怎能只凭红面孔、使大刀，就说是云长呢？"袁绍是个没主见的人，听了刘备的辩解，又责怪报信的人说："听了你们瞎说，险些杀了我的兄弟。"于是重新请刘备坐到大帐前，商议替颜良报仇的事。袁绍手下的另一大将文丑愿意出征，袁绍给他拨了十万人马。刘备也向袁绍请战说："将军对我的恩情这么大，刘备一直没机会报答，我愿与文丑将军一同去，一来报答您的大恩，二来也好打听云长的消息。"袁绍听了很高兴，让文丑与刘备共同领兵。可是文丑不愿意，对袁绍说："刘备是个屡屡战败的将领，与他同行，对军队不利。"袁绍说："我想看看刘备的才能，你们一起去吧。"文丑说："既然主公非要他去不可，那我给他三万人马，让他为后部。如果立不了战功，他自己负责。"刘备听了说："分兵最好！"于是，文丑率领七万人马先行，刘备带三万人马随后。

文丑一上阵，就被关羽从脑后一刀砍下马，他的兵士四处逃窜。刘备从后面赶来，隔着河观看，只见阵地上尘土飞扬，其中有一人红脸，使一把大刀东砍西杀，直杀得文丑的士兵人仰马翻。刘备心里暗暗高兴，谢天谢地，果然是关羽。他想上前去见关羽，却被蜂拥而来的曹兵挡住，只好带着残兵败将回去。袁绍亲自到官渡来迎接他们。郭图、审配报告袁绍说文丑将军也被关羽杀了。刘备只装不知道。袁绍这回是气得手发抖，人骂刘备："大耳贼，竟敢如此恶毒！"命令士兵把刘备拉出去杀了。这时，刘备早已想好对策。他不慌不忙地说："等一等，请让我把话说完再死。曹操向来害怕我，他知道如今我虽然一时失败，但总有复仇的一天。现在我在您这儿，曹操怕我们共同携手对付他，因此故意让关羽杀了两位将军，让您加罪于我。这是曹操借您的手来杀我，以除后患，望您要想清楚。"袁绍听了，觉得有道理，就喝退了左右，说："玄德兄说得有理。"说着又把刘备请到帐上。刘备感激地说："感谢明公宽宏大量，真不知如何报答。您可以派一名心腹，拿着我的密信去见云长。云长知道我在这儿，一定会连夜赶来和我一道辅佐您，共同对付曹操，为颜良、文丑雪恨。"袁绍听了，说："我若有了关云长，就好像颜良、文丑复生。"他们商议写信的事，但一时没有人去送信。再说曹操回到许都，大摆宴席为关羽庆功。关羽又主动请战到汝南（今河南平舆北）去围剿黄巾军。

在汝南，关羽遇见了孙乾，才知道刘备在袁绍那儿。于是关羽不顾曹操的一再挽留，封金挂印，护送着两位夫人过五关斩六将去见刘备。快到袁绍地界时，遇到匆匆前来送信的孙乾。孙乾告诉关羽："汝南的刘辟、龚都原来都准备联合袁绍共同抗曹，但袁绍手下的将领和谋士互相猜忌，极不团结。现在田丰被囚禁，审配、郭图各自专权。加上袁绍本身多疑，办事不果断，知道你要去，他们必定会想法子陷害你。我们反复斟酌，决定还是先从袁绍处脱身，刘皇叔已到汝南去会合刘辟，走了三天了。他怕你不知道，一头闯到袁绍那里，特地派我来迎你。"于是两人改道奔汝南，路上又遇到张飞、糜竺、糜芳等人，大家患难后又重逢，真是悲喜交集。快到汝南时，关羽、孙乾让大家在古城（今河南确山北）等候，他们两人带了十几个人先到汝南。谁知刘备在汝南住了几日，看汝南兵马太少，又回冀州去了。关羽听了，十分懊恼，他让张飞守住古城，自己与孙乾到冀州接刘备。到了冀州，孙乾让关羽找个地方住下，他一人去见刘备。孙乾见了刘备，细说一路的经过。刘备告诉孙乾说简雍也在这里，于是又约了简雍，三人商量脱身之计。简雍对刘备说："明天见到袁绍，您请求去荆州说服刘表，共同破曹，这样就可以趁机离开了，我自己也有脱身的办法。"第二天，见了袁绍，刘备对他说："刘表驻守荆襄九郡（即荆州），兵多粮足，我们可以和他联合起来共同破曹。"袁绍说："我曾经派人去，他不肯。"刘备说："我和他是同族兄弟，我亲自去说，一定成。"袁绍赞同地说："对，如果有了他，比刘辟要强多了。"袁绍就决定让刘备做说客。安排妥当后，袁绍故意说："听说你兄弟关羽已经离开曹操，我想他一定会来找你。我要杀他为颜良、文丑报仇。"刘备听了，不免一惊，说："颜良、文丑只是两头鹿，而我兄弟云长却是一只猛虎。您失去了二鹿，得到一虎，这样就完全可以抗击曹操了，为什么要杀他呢？希望您仔细想想。"袁绍笑着说："我是十分敬佩云长的，刚才是说着玩的，你赶快派人去请他。"刘备说："我马上让孙乾去找怎么样？"袁绍听了高兴极了。刘备走后，简雍对袁绍说："刘备这次一定不会回来了！我愿意和他一同去，一来可以和他共同游说刘表，二来也可以监视他。"袁绍说："好！"第二天，刘备让孙乾先走，自己来向袁绍辞行，袁绍说："我怕你单身一人去不成功，让简雍与你一起去吧！"就这样，刘备用计离开了冀州袁绍。

　　他们来到冀州界首，关羽见到刘备，哭拜在地，刘备也抱着他痛哭不止。一行人一块往古城去。在卧牛山，又遇到赵子龙。原来赵子龙在公孙瓒死后就想投奔刘备。袁绍也曾经几次邀请他，他都没答应。当他听说刘备在袁绍那儿，想去却又怕袁绍责怪，所以只好四处漂泊。刘备见了子龙，激动地说："我第一次见到你，就有恋恋不舍的感觉，不想今天才相聚，这是我刘备的大幸啊！"赵子龙也激动地说："我奔走四方，寻找明主，今天遇到刘皇叔，是我今生有幸。为了您，我肝胆涂地，在所不惜！"到了古城，张飞、糜竺、糜芳和两位夫人都出来迎接。大家见面，叙说往事，感慨万千。两位夫人诉说了云长的一番经历，刘备紧紧拉住云长的手说不出话。到了城里，刘备对众人说："自从徐州兵败，我们兄弟分散，今天总算又相聚了，看来，我的大业可成。"他命令杀牛宰马，大摆筵席，拜谢天地，犒劳军士，热热闹闹地庆祝了几天。这次古城聚义的有刘备、关羽、张飞、赵云、孙乾、简雍、糜竺、糜芳、周仓、关平等人，共有军马五千多。宴会结束后，刘备准备去汝南，正好刘辟、龚都也派人来请了，于是刘备带领众人去了汝南。刘备在汝南招兵买马，队伍又一天天壮大起来。

刘备在汝南，每天操练军队，养精蓄锐，准备进攻许都。曹操得到消息，留大将曹洪屯兵河上，自己亲自带兵来战刘备。刘备得到曹操进攻的消息后，在离穰山五十里的地方安营扎寨，把军队分为三路，一路放在东南，由关羽带领；西南角让张飞统领，自己和赵云坐镇正南大营。一切安排就绪。探子报告曹操已到，正在叫阵。刘备骑马来到寨门的帅旗下，曹操一见刘备，就用马鞭指着他大骂："我待你为座上宾，你为什么忘恩负义来攻打我？"刘备也高声大骂："曹操，你名为汉相，实际上是个大国贼！我是汉室宗亲，为了扶助我的大汉江山，特来讨伐你这叛贼！"曹操说："我是奉天子的命令，四处讨伐叛国贼的，你怎么敢如此胡言乱语？"刘备眼一瞪，说："你所谓天子的命令是骗人的，我这里有皇上的密诏。"曹操说："你胡说！"刘备立刻把献帝的衣带诏背了一遍。曹操气得不说话，命令许褚出马。这时只见刘备身后一员大将举着枪冲了出来，原来是赵云。许褚和赵云厮杀了三十个回合，不分胜负。正在这时，东南角上杀声震天，关羽领了人马杀了过来，曹操还没来得及应战，西南角张飞也冲来了，三路大军一齐杀过来。曹操的军队长途跋涉，已经很疲劳了，哪能挡得住三路人马的围杀，大败而归。刘备领了人马一直追了二十多里才停住。来人报告说，曹操也退了五六十里地。刘备打了胜仗，得意地说："没想到今天大灭曹操的锐气！"关羽提醒刘备："千万不能轻敌。曹操向来善于用兵，他的退却，恐怕有名堂。"刘备不以为然："他退兵是害怕了。"刘备让赵云去叫阵，曹兵一天都不出来应战；又叫张飞去骂阵，曹操还是按兵不动。刘备急了，正不知道怎么办，来人报告说龚都的运粮队伍在半路上被曹军围住了，刘备立刻派张飞去救援。一会儿，探马又来报告说张辽带着兵马，直接去夺汝南了。这时，刘备才恍然大悟："云长说得对。曹操不战是为了把我们困在这里，让张辽去抄我们的老家。赶快派人去救家里老小！"正要派赵云去汝南，不到半天，就来人报告刘备，张辽已攻下了汝南。刘辟抵挡不住，弃城而逃，关羽也被围在城里了。刘备听了吃惊不小，帐外又来人报告说，张飞去救龚都也被围住了。刘备急得在帐内团团转，正在这束手无策的时候，许褚在帐外叫阵，赵云要去应战。刘备拦住他，决定不应战，留下力气，到晚上向穰山退兵。

暮色降临，刘备让军士们吃饱了饭，然后步兵在前，骑兵随后，悄悄离寨。才走了半里路，转过一座土山，突然山头有人喊道："不要让刘备跑了，丞相在这里已经等候多时了！"只见四面火光冲天，杀声震耳，曹操站在山顶大叫："刘备快投降！"刘备慌得不知往哪儿走，赵云说："主公不要怕，跟我来！"赵云在前，左挡右砍，杀出一条血路，刘备拿着双剑紧紧跟在后面。正杀得天昏地暗的时候，张辽突然出现在面前，赵云与张辽拼命厮杀起来。谁知曹军中的于禁和李典又杀来了。刘备见形势实在太危险了，就把身子紧紧贴在马背上，头也不敢抬地冲出包围圈，一口气跑了好远，觉得背后的喊杀声渐渐远了，才抬起身回头望。只见四周一片漆黑，山深路险，刘备又饥又渴，走走停停，正想停马休息一下，路旁树林里突然冲出一队人马。刘备以为又是曹军，脸都吓白了。仔细一看，原来是刘辟带着一千多败兵，护着刘备的家小到了。刘辟告诉刘备："张辽的军队到了汝南城，来势十分凶猛，没办法只好弃城逃走。张辽在后面紧紧追赶，幸亏关云长在后面挡住，才使我们脱身。"刘备伤心地说："云长、三弟都不知怎么样了？"刘辟说："将军，咱们还是先走，边走边打听消息吧！"又走了几里路，忽然一声鼓响，前面冲出一队人马，领头的是曹将张郃（hé）。他在马上大声说："刘备！快下马投降！"刘备想往后退，哪知山头上红旗滚动，又一支军队从背后山坳里冲了出来，带兵的是曹将高览。刘备见两头无路，仰天高喊："老天爷，你怎么逼我到这步田地！我功不成、名不就，不如死了的好！"说着，就要拔剑自刎。刘辟见了，赶忙抢上来按住他手中的剑说："您不要急，让我去决一死战！"刘辟与高览拼杀，不到三回合，就被高览一刀砍死在马上。刘备一看大事不好。正在这危急关头，只见高览身后突然乱了起来，一员大将冲进队伍，一枪把高览挑下马。刘备一看是赵子龙，胆子一下子就壮了起来。子龙杀散了高览的人马，又奔到前面与张郃独战，打了十来个回合，张郃败下阵去，退到山口，守住了山隘，一时攻不进去，双方僵持着。这时，关羽、关平、周仓带着三百名士兵赶来了，两下夹击，杀退了张郃，占据了山隘。刘备马上派关羽去找张飞。张飞去救龚都时，龚都已被夏侯渊杀了。张飞追赶夏侯渊，遇到曹将乐进、徐晃，正在拼杀时，关羽赶到，两人杀退了乐进、徐晃，一同回到刘备这里。这时探子报告说曹操的军队在后面追来了，刘备让孙乾护着家小先走，他与关羽、张飞、赵子龙在后面边战边退。曹操见他们走远了，也就收兵不追了。

刘备一千多人马来到汉江边，这里的土族人知道是刘备的人，非常友好地接待了他们，还送了不少牛羊酒菜。刘备的人马就在江边的沙地上休息、饮酒……喝着，喝着，刘备有点醉了，看着沙滩上精疲力竭、东倒西歪的一千多人，对关羽等人说："你们各位都有辅佐君王的才能，不幸的是跟了我刘备。我的命运不好，拖累你们一事无成。今天已到了上无片瓦、下无立锥之地的境地，你们为什么不离开我去投高明的人，去争取功名富贵啊！"大家听他说的这一番话，都禁不住哭了起来。关羽说："大哥说得不对。我听说过去汉高祖与项羽争天下，就曾经屡遭失败，后来在九里山一战成功，才开创了四百年的基业。我们兄弟自打败黄巾军以来，也快二十个年头了。打仗有胜有负，但我们的志向却越来越坚定了。为什么您今天突然说出这种话？希望哥哥不要灰心，让天下人耻笑我们。"刘备说："俗话说'主贵则臣荣'，今天我刘备没有了立足之地，恐怕要辜负大家对我的厚望了！”孙乾听了，说：“您说得不对。一个人总有胜负的时候。败了不要紧，但不能丧志。这里离荆州不远，刘表也是当今的英雄。他坐镇九郡，有部队数十万，粮草堆积如山。他和您又都是汉室的宗亲，不如去投奔他。”刘备说：“恐怕他不接纳我。”孙乾说：“刘表占据了江汉之地，东南连着吴地，西通巴蜀，南靠大海，北接汉、沔，实在是个好地方。您怕他不愿意，我可以先去探探他的口气。我想，他会欢迎您的。”于是刘备就派孙乾去荆州打探刘表的态度。

孙乾到了荆州城，刘表见了他就问：“你不是跟着刘备吗？”孙乾叙说了刘备在汝南的遭遇后，对刘表说：“刘备想全力为国家出力，只可惜将寡兵少。汝南的刘辟、龚都都与刘备非亲非故，却愿以死来帮助刘备。这次刘备吃了败仗，本想到江东投奔孙权，是我劝他，‘怎么能不靠亲人靠外人呢？荆州的刘将军是当今的英雄。你看江水都是向东流的，何况你们是同宗呢？’刘备听了我的这些话，才没去孙权那儿。他让我先到您这里来。”刘表让孙乾的一番话说得心里十分舒畅，高兴地说：“刘备不愧是我的兄弟，我也早就想见见他，只是没有机会。我怎么会容不下同宗的兄弟呢！玄德现在哪里？快派人接他来。”在一旁的蔡瑁（mào），是刘表夫人的兄长，说：“不行，不行，刘备的心术一向不正，是个背义忘恩的小人。你看他先投吕布，后投曹操，最近又投袁绍，没有一个是有始有终的。这就可见他的为人了。今天如果您接纳了他，必然会引曹操出兵来攻打我们，使九郡百姓不得安宁。不如你杀了孙乾，把他的头献给曹操，这样曹操一定会重用您的。”孙乾听了，冷笑一声，说：“我不是一个怕死的人。刘备虽然投靠过三人，但他们都不是可以交往的人。吕布是个杀父之徒，曹操是个欺君的汉贼，袁绍听不进忠言，是非不分，损害贤良，像这样一些人，怎么能与他们讲仁义之道！刘备是赤心报国、守信义、忠孝两全的人，怎么肯屈身在这些小人手下！因为知道刘将军是皇室的后代、同族兄弟，胸怀宽广，敬老尊贤，爱民如子，是当今的英雄，所以才千里迢迢来投奔，你为什么要在明主面前说坏话，嫉贤妒能。"一番话说得刘表直点头。他对蔡瑁说："我的主意已定，你不要多说了。"又问刘备在哪里，孙乾说在江边。刘表说："我要亲自出城去接。"他派人与孙乾先回去，然后出城三十里去迎接刘备。两人见了面，互叙兄弟之情。刘备让关羽、张飞拜谢了刘表。刘表在荆州城里安排了一座十分宽大的宅院让刘备居住，一连几天大摆筵席，款待刘备，二人互叙衷肠。蔡瑁虽然心中不满，但表面上也不敢怠慢。刘备到荆州的时间是建安六年（公元 201 年）秋九月。

绝处逢生，危难之际的卢显神通
· · · ·

　　刘备到荆州投了刘表，刘表待他非常好，两人经常一块饮酒、谈天。这一天，刘备正和刘表一道喝酒，探子报告说有两名降将叫张武、陈孙的在江夏掳掠百姓，共谋造反，还想攻打荆州。刘备主动请战。刘表给了他三千人马去围剿。张武、陈孙哪里是关羽、张飞的对手，关羽、张飞没费多少力气就杀了张武、陈孙，平息了叛乱，还缴获了张武骑的一匹好马。刘表亲自出城迎接凯旋的刘备，并在城中摆下庆功宴。酒席上，刘表说："兄弟你这么英勇有本领，这下荆州的安全有保障了。但南越（指南方越人所居住之地，今广西、广东、福建和湖南的部分地区）边境经常有战事，使我十分担心，还有张鲁、孙权也总是我的一块心病。"刘备说："我有三员武将，可以派张飞驻军南越，关羽驻守固子城对付张鲁，赵云驻扎三江（今湖北黄冈）抵挡孙权。"蔡瑁听了刘备的话，赶紧到后面告诉他的妹妹蔡夫人说："刘备要让他两个兄弟驻守边境，他在荆州时间长了必定会生事。刘备是个忘恩负义的人，你要提醒刘表，不能轻视刘备。"到了晚上，蔡夫人对刘表说："听说刘备到荆州后到处拉拢人，很多人与他有来往。我看他在荆州对您没好处，不如设法把他赶走。"刘表说："我这位兄弟是个有情有义的人。"蔡夫人见他不听劝，生气地说："只恐怕别人的心没你这么善良。"刘表被她说得也疑疑惑惑的。第二天，刘表出城视察部队，看见刘备骑了一匹骏马，才知道是从张武那儿缴来的，十分喜欢，赞叹不止。刘备看在眼里就说："兄长喜欢，就送给您吧！"刘表高兴地骑着回城去了。他手下一个叫蒯（kuǎi）越的见了刘表的马后，问是从哪儿来的，刘表说是刘备送的。蒯越说："过去我兄弟蒯良是相马的，我从他那儿也学了一些相马的知识。这匹马的名字叫'的（dí）卢'，眼睛下边长有一个泪槽，额边生着一个白点。这匹马会妨害主人，您看，张武就是骑这匹马身亡的，主公您千万不要骑它。"第二天，刘表请刘备吃饭，对他说："昨天承蒙你赠送这匹马，但我想你经常要征战，用得着它，给了我，就使它没有用武之地了，还是还给你吧！"又说："兄弟你长久住在城里，会荒废武功。襄阳（今湖北襄阳北）下面有个新野县（今河南新野），很富庶，你可以带点兵马到那里驻扎。"刘备感谢刘表的安排，准备去新野。有一个人来到刘备面前，深深作了个揖说："这马千万不能骑。"刘备一看，原来是刘表的幕僚伊籍。刘备慌忙下马问原因，伊籍就把蒯越的话告诉了刘备。刘备听完，笑起来说："感谢先生的关心，一个人在世上，生死由命，富贵在天，不可能因为一匹马就妨害了我。"伊籍十分佩服刘备的见解，从此，与刘备的来往愈加密切。

刘备在新野鼓励生产，操练部队，深受军民欢迎。建安十二年（公元 207 年）春天，甘夫人在新野生了刘禅。据说，甘夫人分娩那天夜里，有一只白鹤飞到县衙门的房檐上，叫了四十多声，然后朝西方飞去了，这一吉祥的兆头让刘备十分高兴。又说甘夫人当年在梦中吞下了北斗星而怀孕，当刘禅呱呱落地后，刘备就给他取名叫阿斗。刘备有了儿子，当然十分欣慰，觉得自己的事业后继有人了。这时，曹操正集合部队北伐。刘备赶到荆州劝刘表出兵。他对刘表说："现在曹操集中兵力北征，许都十分空虚，我们可以乘机把荆、襄的军队集中起来袭击许都，大事一定能成功。"刘表说："我坐镇九郡已经十分满足了，没有别的奢求。"刘表不愿出兵，刘备也无可奈何。

这年冬天，听到曹操回到许都的消息，刘备更加懊恼当初刘表不听他的话。这一天刘表派人来请刘备喝酒，刘表说："听说曹操已从柳城（今辽宁朝阳西南）率五六十万人马回到许都。他的力量一天天壮大，野心也越来越大，真后悔当初没听你的话，失掉了一个好机会。"刘备只得劝他说："现在天下分裂，战事四起，机会还多呢！只要我们今后注意抓住机会，还来得及。"刘表点头赞同，两人继续喝酒。喝了一会儿，刘备见刘表端着酒杯的手不动了，只是一个劲儿地流泪，刘备说："兄长有什么为难的事要我帮忙，兄弟我万死不辞，请您快说。"刘表这才把心事告诉刘备。原来刘表认为前妻徐氏生的儿子刘琦虽然人品很好，但太懦弱，不能成大事；后妻蔡氏生的刘琮很聪明，他想废长立幼，又恐怕违反了祖宗礼法。如果继续立长子，蔡夫人家族的人掌握了大部分军务，以后必然会生事，所以思来想去，不能决断。刘备听了后，态度鲜明地说："自古以来，废长立幼总要引出祸乱，这不是办法。如果你担心蔡氏家族权力太大，可以慢慢削弱，千万不能因为喜欢刘琮就立他。"他俩的谈话全被躲在后面的蔡夫人听到了，蔡夫人对刘备更加恨之入骨。刘备说了上面一席话后，也自感说得太直了，怕引起是非，就借口上厕所走了出去。当他看到自己大腿上的肉又厚了起来，不觉泪水涟涟。回到席上，刘表十分吃惊，问他为什么落泪。刘备说："往常我每天身不离马鞍，大腿上的肉很少，现在不骑马打仗，大腿上的肉又长起来了。唉，日月蹉跎，人一天天老了，功业却没建一点，一想到这些，心里就难过。"刘表说："我听说贤弟在许都，曹操曾经青梅煮酒论英雄。贤弟尽举当今名士，曹操都不同意。他认为天下英雄，只有你和他。我看曹操虽有四十万军队，但他是挟天子以令诸侯，不得人心，比不上你。你何愁功业不成呢？"这时，刘备喝得有些醉了，听了刘表的话，高兴得有点忘乎所以，说："我要是有自己的地盘，就不怕天下这些碌碌无为之辈了。"刘表听了，默不作声。而刘备话一出口也知道失言，赶紧站起身，推说喝醉了酒，告辞回馆舍去了。

刘表嘴上没说什么，心里十分不痛快。蔡夫人从后面出来对他说："刚才你们的谈话我都听到了，完全可以看出刘备有并吞荆州的野心。他把别人都看作草芥（比喻最微小的、无价值的东西）。今天不除了他，今后必然给子孙带来祸害。"刘表不说话，只是一个劲儿地摇头叹气。蔡夫人明白他的意思，立刻把蔡瑁找来商量。蔡瑁一个劲儿地说："我也看出刘备是个有野心的人，时间长了，一定会吃掉荆州。不如趁现在把他杀了，再告诉刘表。"伊籍知道蔡瑁恨刘备，一直暗中注意他的言行。他听到蔡氏兄妹俩的话以后，立刻告诉了刘备，让他赶快离开荆州。刘备听了也很害怕，说："我没向刘表告辞，怎么能走？"伊籍说："来不及了，快走吧！我替你告诉主公。"刘备千谢万谢，衣服也没来得及穿好，骑马逃离了荆州。等到蔡瑁来到馆舍，刘备早已走远了。蔡瑁十分懊悔，恨自己动作太慢。为了陷害刘备，他在墙上写了一首诗："数年徒守困，空对旧山川。龙岂池中物，乘雷欲上天！"然后报告刘表："刘备有叛乱之心，写了一首反诗在墙上，不辞而去了。"刘表到馆舍朝墙上一看，气得拔剑大喊："快集合人马，不杀了这无义之徒，誓不罢休！"但走了几步，刘表猛然醒悟，心想：我与刘备相处这么长时间，从来没见他写过诗，这一定是有人使的离间计。于是，又回到馆舍用刀刮去墙上的字。蔡瑁请他去新野捉刘备，刘表说："不要冒失，让我想想别的办法。"蔡瑁见刘表这么犹豫不决，又暗地里和蔡夫人商量，要在一年一度的襄阳聚会上谋害刘备。

原来刘表每年在庄稼收获之际，都要在襄阳召集各地官员聚会庆祝。蔡瑁两次向刘表说："庄稼已经熟了，有关襄阳聚会的一切准备工作我都安排好了，请您去主持大会。"刘表说："我近来身体不好，实在不能去，让刘琮代我去吧！"蔡瑁说："刘琮年纪小，恐怕有失礼节。"刘表不耐烦地说："那就往新野请刘备代我去主持吧！"蔡瑁一听，正中下怀，立刻派人去请刘备。孙乾不同意刘备去，关羽说："大哥您是自己觉得说漏了嘴，可刘表并没有责怪您的意思。如果您不去，反而会使他产生怀疑。"刘备同意关羽的意见，张飞却急得乱喊："我看这不会是什么好事，不能去！"赵云见大家众说纷纭，意见不一，就对刘备说："我带三百人和您一起去，保证主公安然无恙。"刘备听了，高兴地说："有子龙和我一块儿去，就没什么可顾虑的了。"襄阳离新野有七十多里路。第二天，刘备与赵云一起去襄阳。蔡瑁十分热情地出来迎接，刘备一点儿也不怀疑了。刘琦对刘备说："一年

一度的聚会本当是父亲主持，不巧他老人家身体不好，特地请叔叔您来代他。"刘备谦让了一番，说："按理我是不能承担的，但现在既然是兄长有命，我不敢不从。"

第二天，九郡四十二州的大小官员都到了襄阳。蔡瑁把蒯越找来对他说："刘备一直怀有争夺天下的野心，留在这里日子长了，一定会夺取荆州，成为祸害，所以，在今天的会上就把他杀了。"蒯越说："这样做会失人心的。"蔡瑁说："这件事是刘表同意的，他有密令。"蒯越说："既然这样，那要做好充分准备。"蔡瑁说："这您放心，我已安排好了，东、南、北三个门，我都

派人把守。只有西门不用守，因为前面有檀溪，即使有数万人马，也不容易过去。"蒯越还是不放心地说："我看赵云寸步不离刘备，恐怕很难下手。"蔡瑁说："我已把五百名士兵埋伏在城里了。"蒯越又提醒："要活捉刘备，千万不能杀了。可以让文聘、王威二人在外厅另设一桌酒席，把赵云挡在外面，然后才能捉刘备。"蔡瑁杀牛宰羊，安排好了一切。

刘备骑了心爱的"的卢"马来到州府前，下了马，让人把马拴在后园，随大家来到大堂。刘备坐在正中间，刘表的两位公子分别坐在他两边，其余的人依次就座。赵云带着宝剑紧紧站在刘备身边。这时，文聘、王威来请赵云到外厅入席，赵云不愿去，刘备毫不戒备，硬让赵云去了。蔡瑁又把赵云的三百名士兵都安排在馆舍里喝酒，只等喝得差不多时就下手。情势十分紧张，但刘备还是全然不知。酒喝了三杯，正好轮到伊籍敬酒。他拿着酒壶来到刘备面前，向刘备使了个眼色，低声说："请更衣。"刘备明白肯定有变故，等到伊籍敬完酒，推说上厕所，起身出去。伊籍在后园一见刘备出来了，一把拉住他，小声说："快，城外东、南、北三处都有人马把守，只有西门可走，快走！"刘备来不及多说，解开"的卢"马的缰绳，开了后园门，飞身上马，朝西门飞奔而去。把门人还没来得及问，只见一阵烟火，刘备已冲出老远了。守门士兵急忙来报告蔡瑁，蔡瑁立即带领五百名士兵紧紧追了上去。刘备跑了不到两里路，就到了檀溪河边。这条河有九丈宽，水流湍急，波涛汹涌，过不去。他勒住马回头一看，城西方向尘土飞扬。刘备知道追兵来了，急得他骑在马上团团转，嘴里不住地说："我是死定了。"追兵越来越近，已经能听到人声了。刘备想反正是死，于是催马下河。谁知没走几步，一个趔趄，马的前蹄陷到泥里，刘备差点掉下河，衣袍都浸在水里。刘备用力抽打"的卢"的屁股，大声喊道："的卢啊，的卢！难道今天真要我死吗？快用力跳啊！"话音刚落，不想那马纵身从水里一跃而起，足有三丈多高，飞上了对岸，刘备就好像是落在了云里雾中。当他站在西岸，回头一看，蔡瑁已经赶到溪边。蔡瑁隔岸对刘备大声说："刘使君，你为什么不打招呼就走了？"刘备气得用马鞭指着他说："我与你无冤无仇，为什么三番五次地害我？"蔡瑁说："我没有此心，请你不要轻信别人的谗言（诽谤的话，挑拨离间的话）。"刘备见蔡瑁一边答话一边在取箭，赶紧掉转马头，往西南跑去。蔡瑁毫无办法，遗憾地说："是什么神仙帮助他，让他躲过了这一关劫！"他只得领着人马，垂头丧气地回去了。

漂泊半生，始知卧龙凤雏

····

　　刘备跃马渡过檀溪，真是又惊又喜，心想：这么宽的河，怎么一跳就过来了呢？难道真是天意？他用手抚摸着"的卢"的头说："你真是一匹神马啊！"他骑着马缓缓向南走去。只见太阳已经落山，晚霞把天边染得一片通红。正朝前走着，有一个牧童吹着笛子骑在牛背上朝他走来，看着牧童悠闲自得的样子，想想自己的遭遇，刘备禁不住勒马叹息："唉，我真不如他啊！"小牧童也停下来，把刘备仔仔细细地打量了一下问："将军大概就是那位打败黄巾军的刘玄德吧！"刘备吃惊地问："你一个乡村小孩，怎么知道我的名字？"小孩说："我听师父说的。师父家里常有客人，他们说过有个叫刘玄德的，身高七尺五，两耳垂肩，两手过膝，是当今的一位英雄。我看您像他们说的模样，想来一定是您。"刘备问："你师父是什么人？""我师父复姓司马，名徽，字德操，道号'水镜先生'，颍川（今河南禹州）人。""你师父有什么朋友？现在住在哪里？""师父与襄阳的庞德公庞统是最要好的朋友。他们经常在一起议论国家兴亡的大事。您瞧，前面树林中就是师父的庄园。"刘备说："我就是刘玄德，你是不是能带我去见见你的师父？"小牧童高兴地答应了。两人来到林边，只听见林中传来一阵阵悠扬的琴声。刘备不让牧童去通报，说："这么动听的音乐，不要打断了。"他们正听得如痴如醉，琴声突然停了，随着一阵笑声从树林中走出一位先生。刘备一看，这人气度不凡，年纪虽然已过半百，却面色红润，精神矍铄。刘备赶忙向前施礼。水镜先生看看他湿透的衣襟，微笑着说："这位先生今天幸免一场大难啊！"刘备十分惊讶。小牧童在一旁介绍说："他就是刘玄德。"水镜慌忙还礼，把刘备请进屋。

刘备看到屋里摆放了许多经书，一架古琴横放在石桌上，窗外栽着青松、翠竹，这幽雅清新的环境，使他顿感心情舒畅。刘备又站起身来深深施礼说："我偶尔经过这里，经过这小童的指点，能拜见您的尊颜，是我三生有幸。"水镜先生笑着说："先生不用隐瞒，您今天是逃难到这里吧？"刘备只好把在襄阳的事告诉了水镜先生。水镜先生说："先生现在居什么官职？"刘备回答："左将军、宜城亭侯、豫州牧。"水镜说："我知道先生的大名已经很久了，为什么到今天您还是东奔西逃、四处漂泊呢？"刘备长叹一声，说："只怪时运不好，命运多难啊！"水镜说："不对，我看是将军的身边缺少能人。"刘备说："我虽然无能，但现在文有孙乾、糜竺、简雍等人，武有关羽、张飞、赵云等人，他们都竭尽全力辅佐我，怎么能说没有能人呢？"水镜摇着头说："关、张、赵虽然有抵挡万人的力量，却没有运筹帷幄的才能。孙、糜、简等人更是些白面书生，只会舞文弄墨，不是建功立业的人。靠这些人，怎么能成霸业！"刘备说："我一直以诚恳的心去求世上贤才能人，但总是找不到这样的人。"水镜说："那些儒生俗士，不能准确地分析时世，只有识时务的人，才能算俊杰。"刘备说："那么请问谁是俊杰呢？"水镜说："比如像汉高祖时的张良、萧何、韩信，汉光武时的邓禹、吴汉、冯异等人，才算得上是俊杰。"刘备叹息说："恐怕现在没有这种人了。"水镜挥挥手说："您难道没听过孔子说的一句话：'十户人家的村落，就必定有贤能的人。'怎能说现在没有呢？"刘备拱手拜道："我实在愚昧无知，望老先生能给我指教。"水镜说："天下有才能的人就在这里，将军可以得到他们！"刘备忙问："什么人？"水镜说："伏龙、凤雏，这两人中得到一个，就可以得天下。"刘备站起身说："这两个人是怎么样的人？"水镜只是拍手大笑说："好！好！"再问，就推说天色已晚，让刘备暂住下，明天再说。刘备听了水镜的话，哪里还睡得着，在床上翻来覆去不能入眠。大概到了半夜，刘备听到有人敲门，就悄悄起床到门口偷听。听见一个人说，他去投奔刘表，但看刘表徒有虚名（空有某种名声，指名不副实），不是成大事的人，就走了。又听水镜先生对那人说："现在汉室日益衰败，兵祸四起。你是一个有才能的人，应该选人来辅佐，现在英雄豪杰就在眼前，为什么要到刘表那里去呢？"刘备听了这些话，心想这人一定是伏龙或凤雏，兴奋得一夜没睡好，天刚蒙蒙亮就起身问水镜先生："昨晚来的是谁？"要求与他相见。水镜告诉他："他是我的朋友，是来寻找明主的，现在已经到别处去了。"刘备又问伏龙、凤雏是谁，水镜只是打哈哈，并不正面回答。刘备没办法，想请水镜先生帮助他恢复汉室，可是水镜说："我一个山野村夫（一般是指山民，也常常是避开繁华浮世、在山野悠游生活的隐士的谦称），闲散惯了，不值得您任用。自然会有强我十倍的人来帮助您，您赶快去寻访吧！"正说着，小童来报告说庄外来了一员大将，带了数百人把庄子给围起来了。刘备出来一看，原来是赵云找来了。他们告别了水镜先生，一同回新野去了。

回到新野，孙乾对刘备说，一定要把襄阳的事给刘表讲清楚。于是，刘备写了信让孙乾送到荆州。刘表看了刘备的信，了解了事情的经过，把蔡瑁责骂了一通，并派刘琦到新野给刘备赔罪。刘备热情地接待了刘琦。在送刘琦回家的路上，看见一个人躺在小山坡上大声歌唱，歌中唱道："天地反复，大火要灭，大厦要塌，一木难以扶。四海有贤士，想投明主去，圣主找贤士，却不知有我。"唱完，拍手哈哈大笑。刘备听了心想：说不定这人就是水镜说的伏龙或凤雏，就下马询问他的姓名。这人说："我是颍上人，姓单，名福。早就听说使君招集贤士，特来投奔。但又不敢贸然上门，所以在这里唱歌引您。"刘备把他请到县府，让人好好招待他。单福说："刚才使君骑的马，请让我再看一看。"刘备叫人把马牵来，单福看了说："这马虽然有一日千里的本领，却是一匹妨害主人的马。"刘备说已经应验了，就把跳檀溪的事告诉了他。单福说："这次是救主人，不是害主人，您还必须提防着点。我有一个办法可以防止它害主人。"刘备问："什么办法？"单福说："先派一个人去骑它、养它，等到把这个人害死了，您再骑它，这样自然就没事了。"刘备一听，十分生气，叫人送客。单福说："我听说您到处招贤纳士，今天我不远千里来到这里，为什么要赶我走呢？"刘备说："你初到，便不教我行仁义之道，却叫我做这种损人利己的坏事，你不是我要求的贤士，所以我要赶你走。"单福听了，哈哈大笑说："我一直听说使君的仁义，但总有些怀疑，所以故意试试您。"刘备这才站起身说："说我仁义实在不敢当。但我主张要体恤兵士，爱护百姓，只恨自己做得还不够，希望先生能给我指教。"单福说："我从颍上到这儿，听到新野的百姓都在唱'新野牧，刘皇叔，自到此，已丰足'的歌，足可见您的功绩了。"于是刘备任命单福为军师，负责训练部队。

曹操自冀州回到许都，一直想攻打荆州。他派曹仁、李典及降将吕旷、吕翔等人率三万人马驻扎在樊城（今湖北襄阳汉水北岸），对荆州、襄阳虎视眈眈。吕旷、吕翔主动请战去杀刘备。

曹仁拨给他五千人马。探子把这消息飞报刘备。单福说："既然敌军来了，决不能让他进新野。您可派关羽领一路人马从左面出击，截断敌人的中路；派张飞领一路人马从右出击，掐断他们的后路；您和赵云出兵从中路迎敌，这样一定能取胜。"刘备就按单福的安排去行事。这一仗果然如单福所预料的那样，大获全胜。吕旷和吕翔都被赵云和张飞杀了。一仗打下来，刘备更加器重单福，为他庆功，并犒赏三军。

曹仁损失了两员大将，气得亲自率领两万五千兵马来新野报仇。单福对刘备说："我断定曹仁会倾巢来攻新野，樊城一定空虚，虽然隔着白河，但我们也能唾手可得啊。"于是，如此这般将计谋告诉刘备。探子（指在军中做侦查工作的人）来报告，曹仁已经渡河了。单福说："好！他如果按兵不动，我们还没有办法。现在他全师出动，真是下策。"便请刘备派赵云迎战。赵云与曹将李典战了数十回合，李典不是赵云的对手，退下阵去。他回营告诉曹仁，说赵云势不可挡，不如回樊城。曹仁听了大发雷霆，差点要杀了李典。曹仁让李典压阵，亲自率人马上阵，并布了一个"八门金锁阵"。单福一下子就看出这阵的破绽，他说只要队伍从东南角生门入阵，从正西景门出，敌人的阵脚就一定乱了。刘备按照单福的布置调兵遣将，打得曹仁一败涂地。单福命令不要追赶，收兵回营。曹仁吃了败仗，才相信李典的话说："刘备军中一定有能人，否则用兵不会如此神奇，我阵竟被他破了。"李典说："我真担心咱们的大本营樊城。"曹仁决定晚上去偷袭刘备营寨。如果胜了，就驻扎在这里；如果胜不了，再回樊城。李典说恐怕刘备有防备。曹仁十分固执，不听李典劝阻，执意要夜袭刘备。单福料到曹仁要来偷袭，让刘备做好了一切准备。当夜二更，曹仁来劫寨，刚到寨里，就见四面突然起了大火，大叫一声"不好"，急忙退兵。赵云已经冲杀过来，曹仁冲出包围圈往白河逃，来到河边找船，想不到岸上早有一员大将等着他呢！此人不是别人，正是张飞。曹军拼死争战，李典保护着曹仁上了船，大半士兵因为没船，都掉到河里淹死了。曹仁上了岸直奔樊城，到了城下高喊快开门。只听城上一阵鼓鸣，一员大将带领五百人冲出城，原来关羽早就攻下樊城。两军混战一场，曹仁放弃了樊城，奔许都去了。路上一打听，才知道刘备有了单福做军师，出谋划策，这一仗才打得如此漂亮。刘备胜利进驻樊城。樊城县令刘泌带着百姓出城夹道欢迎。刘泌是长沙人，也是汉室宗亲，于是设家宴款待刘备。在席间，刘备见刘泌的外甥寇封长得一表人才，十分喜欢，就收他做了义子，取名刘封。单福和刘备商议，认为不能把部队全部屯驻在樊城，于是留赵云带一千人守樊城，刘备领着大队人马仍然回新野去了。

曹仁丢了樊城逃回许都，向曹操报告了这场战斗的经过，并告诉曹操有个叫单福的人做了刘备的军师。曹操的谋士程昱说："这个单福就是颍川的徐庶，字元直。单福是他的假名。他是十分有才干的能人。"曹操听了，叹息道："可惜这么有才能的人却跟了刘备，刘备如虎添翼啊！"程昱对曹操说："徐庶是个很守孝道的人。他从小没了父亲，现在只有一个母亲。他的兄弟徐康最近去世。丞相只要把他的母亲接来，让她写信叫徐庶来，徐庶一定会来的。"于是曹操就把徐庶的母亲接到许都，请她给徐庶写信。谁知徐母是个十分忠烈的人，她十分欣喜儿子能辅佐刘备建功立业，不愿为曹操帮忙。她不仅不写信，还把曹操痛骂一顿，气得曹操要杀她。程昱急忙拦住说："徐母骂您是想求一死。丞相如果杀了她，就留下不仁不义的罪名，反倒成全了徐母。再说，徐母如果死了，徐庶知道后，只会更加死心塌地帮助刘备了。不如留下徐母，让徐庶心挂两处，即使是帮刘备了，也不能尽心尽力。我有一小计，一定能让徐庶到许都来。"于是，程昱把徐母照顾得无微不至。同时骗徐母，他和徐庶是结拜兄弟，以前经常书信来往，互赠礼品。徐母听了，信以为真，为了答谢程昱的关怀，也写信感谢程昱。程昱得到徐母的笔迹字样，就以徐母的名义写了一封信，派了一个心腹到新野去交给徐庶。信中说："近来你兄弟去世，我一个人举目无亲，曹丞相派人接我到许都，说你背叛朝廷，要杀我，幸亏程昱全力相救。如果你能来投降曹丞相，我就能免于一死。现在我命在旦夕，就等你来救我。"徐庶看完信，泪如涌泉，拿着信来见刘备，说出了实情："我原本是颍川的徐庶，为了逃避灾难，才改名叫单福。自从跟了您，承蒙您看得起我，如此重用我，只是现在我唯一的亲人老母被曹操捉在许都，生命垂危，让人送信给我，我不能不去。这不是我不愿意为您效犬马之劳（愿象犬马那样为君主奔走效力。表示心甘情愿受人驱使，为人效劳），所以只好暂时离开您，等以后再会了。"刘备一听，失声痛哭说："母子之爱，是天下最深的情爱，你不能为我失去这母子之情，那你快去许都见老太君吧！"徐庶见刘备如此通情达理，十分感激，拜谢了刘备就要走。刘备说："请再留一夜，明天为你送行。"

孙乾等人听到这个消息，对刘备说："徐元直是当今的奇才。他在新野这么长时间，对我们的军情了如指掌。现在让他去许都，如果他归顺了曹操，也一定会得到重用，那对我们是很危险的。主公您要留住他，不能放他走。曹操不见他去，一定会杀了他母亲。徐庶知道了，一定要为母亲报仇，就会全心全意帮助您打曹操了。"刘备听了，连连摇头说："不行！为了用他，让人杀了他的母亲，这是天大的不仁；留住他，不让他去，断了他们母子之情，这是不义。我就是死，也不能做这种不仁不义的事。"众人也没办法。刘备请徐庶喝酒，徐庶说："今天听到老母被囚禁的消息，就是有琼浆玉液（比喻美酒或甘美的浆汁），我也喝不下肚。"刘备说："听到先生要走，我就像失去了左右手，就是有龙肝凤骨，我也吃不出味来啊！"两个人相对而坐，边说边哭，坐等天明。第二天，刘备手下已经在城外长亭安排好酒宴。

刘备送徐庶出了城，来到长亭下了马。刘备举起酒杯对徐庶说："我们缘分浅，不能再和先生在一起听你的教诲了。希望先生这次去了，好好辅佐新主人，以尽孝道。"徐庶听了，哭着说："我才学浅薄，却得到使君如此重用。今天不幸，半途而别，实在是因为老母的缘故。这次去曹营，就是曹操逼我帮助他，我也决心一生不为他出一个主意。这样，虽然不忠，但也是没办法的事。"刘备听了，更加感动，十分沮丧地说："先生这一走，我也想离开这是是非非的乱世，不再去干你争我斗的事了。"徐庶听了，急忙劝说："我原来是一心与使君为建立霸业而共同努力的，谁想到今天老母会被困在许都，搅得我的心已经乱了。我即使留下来，也不能专心做事了。您还可以另找贤人帮您共建大业，为什么要灰心到如此地步呢？"刘备说："依我看来，天下恐怕没有像你这样的人了。"徐庶说："我只是一个庸才，并不是栋梁之材。使君应该寻找栋梁之材来辅佐您。"徐庶又对众将领说："希望各位能好好帮助使君建功立业，以求名垂青史，千万不要像我这样有始无终。"说得大家都很伤感，刘备更是泪如雨下，泣不成声。送了一程又一程，刘备说："先生这一走，我的心就像刀割一般，实在是没了匡扶汉室的雄心了。""使君千万保重，希望我们后会有期。""天各一方，谁知道哪一天才能再见面啊！"就这样，不知不觉又走出十里路。徐庶说："使君不要再送了，我要连夜赶路，去见老母。"刘备又执意送了十里，然后，拉着徐庶的手，哭着说："先生这一走，我怎么办啊？"徐庶狠狠心，掉转马头，策马走了。

刘备站在林子边放声大哭。孙乾等人劝刘备："主公不要这么悲伤，回去吧！"刘备站在那儿动也不动，只是反复说："元直一走，我怎么办啊？"这时徐庶的身影被一棵大树挡住了，刘备用鞭子指着树林大声说："给我把这些树都砍了！"孙乾吃惊地问："为什么要砍？"刘备说："因为它挡住了我看元直的视线。"说着，他又要去追徐庶。正在这时，看见徐庶骑着马又回来了。刘备惊喜地说："元直回来，说不定是不走了。"他急忙下马来迎。只见徐庶气喘吁吁地来到刘备面前跳下马。刘备问："先生回来，一定有什么话要说。"徐庶拍着脑袋说："唉，这两天心乱如麻，忘记了一件事。有一个大贤人，就住在离襄阳城二十里的隆中，使君可以去访访他。"刘备说："先生能不能请他来相见？"徐庶说："这个人可不像我，您只能亲自去见，千万不能失礼。您如果能得到这个人，就像周文王得到了吕望，汉高祖得了张良。这可是一个有济世之才的能人。他曾经把自己比作管仲、乐毅。以我的看法，就是管仲、乐毅也比不上他。"刘备说："那他比先生的德才怎么样？"徐庶笑了，说："我和他比，就像是乌鸦配凤凰。我哪能与他比，这人可是天下第一才人啊！"刘备听了十分高兴："请问他的姓名。"徐庶说："这人是琅玡阳都人，汉司隶校尉诸葛丰的后人。他父亲曾经是泰山郡县丞，早已去世。他跟着叔父诸葛玄。诸葛玄一向与荆州刘表有来往，曾经去投靠刘表。不幸的是，他的叔叔也去世了，他就与弟弟在南阳种地。这人复姓诸葛，名亮，字孔明。他住的地方有一山岗叫卧龙岗，所以自称'卧龙先生'。这人可是当今世上的大贤啊，您赶快去找他。如果他肯出来辅佐您，还怕定不了天下？"刘备说："啊！上次水镜先生就说'伏龙、凤雏'两人中得一人就可以安天下，那么这人就是伏龙？"徐庶说："凤雏是指襄阳庞统，伏龙正是这位诸葛孔明。"听到这里，刘备高兴地要跳起来，说："今天我才晓得伏龙、凤雏是什么人。哪知道大贤人就在眼前。要不是你的指点，我就是有眼也跟瞎子一样。"徐庶说完这些，就上马再次告别刘备，往许都去了。刘备听了徐庶的话，如梦初醒，带着众人回到新野，准备礼品要去拜见诸葛亮。

精诚所至，诸葛终出山

• • • •

　　徐庶去许都前向刘备推荐了诸葛亮。这一天，刘备准备了礼品正打算到隆中去拜见孔明，来人报告说司马徽来访。司马徽是听说徐庶在刘备这里，特来拜访的。刘备就把徐庶去许都，临走时推荐孔明的事告诉了司马徽。司马徽又向刘备介绍说："诸葛亮和博陵的崔州平、颍川的石广元、汝南的孟公威，还有徐庶，关系十分密切，经常在一起读书论经。孔明曾经指着他们说：'你们要做官的话，可以做到刺史、郡守。'当他们问孔明的志向时，孔明只是笑而不答。可见，这人志向的高远。他现在隐居隆中，常把自己比作管仲、乐毅。他的才能是不可估量的。"关羽在一旁听了，说："管仲、乐毅都是春秋时代的名人，功盖天下的勇士，孔明自比他们，是不是太狂妄了？"司马徽摇摇头说："孔明是不会妄比这两人的。依我看，只有两个人能比。"关羽问："哪两人？"司马徽说："可以与建周朝八百年的姜子牙、兴汉室四百年的张子房比！"说完，他站起来就要告辞。刘备苦苦挽留，司马徽仰天大笑，飘然而去。刘备望着他的背影，叹息地说："这可真是隐居的贤士啊！"司马徽的来访，更加坚定了刘备请诸葛亮出山的决心。

第二天，刘备和关羽、张飞带着礼物，领着数十人，骑着马到隆中去。一路上，青山绿水，景色诱人。农夫在田间扶犁耕耘，不时传来阵阵歌声。刘备仔细听，唱的是："苍天如圆盖，陆地似棋局，世人黑白分，往来争荣辱。荣者自安安，辱者定碌碌。南阳有隐者，高眠啸不足。"他勒住马，问一位农夫："这歌是什么人写的？"农夫说："这歌是卧龙先生作的。"刘备急忙问："卧龙先生住在哪里？"农夫用手指着前方说："这座山的南面有一高岗，就是卧龙岗。岗前有一片树林，林中有一座茅庐，就是孔明先生的住处。"刘备谢过农夫，扬鞭催马往山岗奔去。走不到一里路，就看到前面是平坦的高岗。这里景色十分优美，岗下有一条山泉，流水潺潺，绕岗而过；再往前走，就是一片竹林，修竹青青。他们顺着林中小径，来到竹林深处的茅庐前。刘备下了马，亲自去敲柴门。一个童子出来应门。刘备说："汉左将军、宜城亭侯、豫州牧，现在住在新野的皇叔刘备特地来拜访先生。""我记不得这么多名字。"刘备慌忙说："新野的刘备来访。"童子说："先生今天早上出去了。""到什么地方去了？""不知道。""什么时候回来？""说不准，也许三五天，也许数十天。"刘备听了，心中十分惆怅。张飞在一旁早就不耐烦了，说："既然不在，咱们回去吧！"刘备还想再等等。关羽也说："不如我们先回去，过两天派人来打听好了，再来也不迟。"刘备快快不乐地说："好吧！"他对童子说："如果先生回来，请转告他，刘备曾专门拜访。"三人上马缓缓往回走。

刘备边走边观赏隆中的景物，觉得隆中的山虽然不高，却很秀美；水不深，却又是这么清澈；树林不大，却透着勃勃生机。三人正赞叹不已，忽然从左边小路走来一个人。这人眉目清秀，神清气爽，刘备说："这位一定是卧龙先生。"说完，急忙下马，上前施礼："先生就是卧龙先生吧？"那人看看他，说："将军是什么人？""豫州牧刘备。"那人说："我不是孔明，是他的朋友崔州平。"刘备一听，高兴地说："久闻先生大名，请您暂且坐下休息休息，我想向您请教些问题。"于是，两人坐在林边的石头上，关羽、张飞站在旁边。崔州平问刘备找孔明做什么，刘备说："现在天下大乱，盗贼四起，我想见孔明先生，向他求教安邦定国的方法。"崔州平听了，笑着说："您虽然有安邦定国的志向，但您却不明白治乱的道理。"刘备问什么是治乱的道理。崔州平说："自古以来，长治久安到一定的时候就要生乱，而乱到极点就能治，就像自然界冬去春来四季交替一样。"崔州平分析了汉朝四百年来由治到乱、由乱到治的历史后，说："光武至今已有两百年了，天下太平已经有很长时间了，所以就要有战乱了。现在祸乱才刚刚开始，还不是求治的时候，将军想让孔明帮您扭转乾坤，恐怕不是件容易的事。"刘备说："十分感激先生的一番教诲。先生是否知道孔明到什么地方去了？"崔州平说："我也是去找他的，也没见到。"刘备邀请崔州平到豫州去，崔州平说："我是山野小民，不想求功名，等来日再会吧！"说完就走了。关羽问刘备对崔州平的话有什么看法。刘备说："他是一个隐居的贤士，我理解他对世事的看法。但是现在国家遭到危难，生灵涂炭。我是汉室的后代，而且还有你们全力相帮，怎么能不治乱扶危呢！"关羽说："大哥说得对。当年，屈原虽然知道楚怀王不是个明主，还是不惜生命发表自己的意见，这都是为了国家。"刘备激动地说："是这个理，还是云长了解我。"这一次赴卧龙岗，虽然没见到孔明，但和崔州平的交谈，又更加坚定了刘备要见孔明的决心。

　　过了一段时间，刘备派去打听消息的人回来说，孔明已经到家了。刘备急忙叫人备马。张飞说："一个村人，何必要大哥一趟一趟地亲自去请，派人叫他来不就行了。"刘备责备说："孔明是当今的大贤士，怎么能派人去叫他。"于是，三人骑上马又往隆中去。当时，正是数九隆冬，天上乌云密布，走到半路，就纷纷扬扬下起了大雪。不一会儿，山林银装素裹，一片白茫茫。张飞一边走，一边嘀咕："天寒地冻的，一般都不用兵打仗，还这么老远地来见一个无用的村夫，不如回去。"刘备生气地说："这雪下得好，就是要让孔明看见我的诚心。如果你怕冷，可以回去。"张飞说："死都不怕，还怕冷！我只是怕哥哥请不到孔明，白白浪费了时间和精力。"刘备说："你别多说了，快走吧！"三人来到庄前，下马敲门，又是那个童子出来了。刘备问："先生在家吗？"童子说："正在堂上读书呢！"刘备跟着童子来到屋里，看见草堂上坐着一位少年，抱着怀炉，正在读书。刘备上前施礼说："久闻先生大名，只是无缘相见。前次来访，不遇而归。今天又冒着风雪而来，总算见到先生了，实在是万幸！"那个少年慌忙答礼说："将军就是刘豫州，想见我家兄长？"刘备惊讶地问："先生不是卧龙先生？""卧龙是我的兄长。我们有兄弟三人，大哥诸葛瑾，现在江东孙权手下做事，二哥诸葛亮和我在家务农。我是他的弟弟诸葛均。"刘备问："那你兄长到什么地方去了？""崔州平请他，已经走了两天了。""到什么地方去了呢？"诸葛均说："他们没有定处，有时驾着小船在江湖游玩，有时到山岭深处去访僧问道，或者找朋友在乡村僻壤、山洞里弹唱下棋。"刘备听了，就像被迎头浇了一盆冷水，懊恼地说："我刘备与诸葛先生的缘分怎么这么浅，两次都见不着。"诸葛均说："既然来了，就请坐一会儿喝茶吧！"张飞在一旁说："既然先生不在，请哥哥上马！"刘备说："我既然来了，怎么能得不到一句话就回去。"于是就问诸葛均："我听说你兄长熟读兵书，胸怀韬略，能不能说给我听听？"诸葛均说："我不知道。"张飞见诸葛均这样对刘备说话，气得大声说："问他干什么，雪越下越大，不如早点回去。"诸葛均说："我兄长不在家，不敢留你们，等哥哥回来了，让他登门拜访。"刘备忙说："怎么敢让先生来。过几天，我还来。请借给我纸墨留封信，务请转交你兄长。"诸葛均拿来纸笔。刘备用嘴哈哈冻僵的双手，展开纸，写好了留言，交给诸葛均，再三向他致谢。三人上马，顶着满天风雪，默默无言地回去了。

　　光阴荏苒（指时间渐渐过去了），到了春暖花开的季节了。刘备选了一个吉日，斋戒三天，洗了澡，换上整洁的新衣，让人准备好车马，准备再次上卧龙岗。关羽、张飞都说："哥哥，两次亲自去卧龙岗，这个礼也太过了。我们看诸葛亮是徒有虚名，没什么真才实学，才故意推辞，不敢见您。哥哥，您为什么对他这么着迷？"刘备说："你们说得不对。你们没听说当年齐桓公想见东郭野人这样一个小臣，还往返五次才见到一面。何况我是要见孔明这样一位大贤士呢？"关羽听了，很理解刘备的心情，说："哥哥敬贤，就好像当年周文王见姜太公。"张飞却叫起来说："哥哥错了。俺兄弟三人，纵横天下，论武艺，谁能比过咱！为什么要把这么个村夫当成大贤？今天您不用亲自去了，我一个人去就行了。他如果不肯来，我只要用一根麻绳就把他绑来了。"刘备说："你不要胡言乱语，你没听说当年周文王到渭河边见姜子牙的故事吗？子牙不理文王，文王站在他身后从早上站到太阳落山，整整一天都不动，子牙才和他交谈，从此开创了周朝八百年的天下。你看，这是何等的敬贤！三弟，你为什么总是这么不讲道理！今天，你别去了，我和云长走一趟。"张飞听了刘备这些话，说："既然哥哥都亲自去，我怎么能落后？"刘备再三关照他不许失礼。三人又一起往隆中去了。

　　离诸葛亮的庄子还有半里路时，刘备就下马步行，正好遇见迎面而来的诸葛均。刘备紧张地问："孔明先生是否在家？"诸葛均说："昨天晚上才回来，将军可以与他相见了。"说完，就走了。刘备松了口气，说："谢天谢地，总算可以见到先生了。"到了庄前，敲响了柴门，童子出来开门，刘备说："麻烦仙童转告先生，刘备特来拜见。"童子说："师父虽然在家，但还在睡觉。"刘备一听，忙说："那先不要喊醒他。"他叫张飞、关羽在门外等，自己轻手轻脚来到堂前，看见孔明睡在堂上的床榻上，刘备垂手站在台阶下等着。

过了一个时辰，孔明还没醒，张飞和关羽见里面没动静，跑进来一看，见刘备恭恭敬敬站在堂前，张飞止不住怒火往上冲，对关羽说："这先生怎么这么傲慢，见我哥哥立在阶下，还在那里睡着不起，让我到他屋后放把火，看他起来不起来。"关羽急忙把他拉出门外，说："三弟，不能胡来。"这时，孔明身体动了一下，小童正要上前通报，刘备拉住说："不要惊动！"只见孔明翻了个身，脸朝着墙又睡了。刘备站在那里，浑身困乏，但不愿动一动，又站了一个时辰，孔明总算醒了，问童子有没有客人。童子说："刘皇叔在这里等候多时了。"孔明急忙起来说："为什么不叫醒我？"他边说边到后面去换衣服，穿戴整齐出来见刘备。

刘备见了孔明，毕恭毕敬地施礼，说："久闻先生大名，如雷震耳。曾经两次来拜见先生。上次又留有一信，不知先生是否见到？"孔明说："我一个南阳的农夫，承蒙将军数次亲自来寒舍，真是诚惶诚恐，感激不尽。"孔明让小童敬上茶，宾主分别坐下。孔明说："昨天我读了将军的信，见到将军忧国爱民的一颗心。只恨我年少才疏，不能替国家分忧，辜负了您的希望。"刘备说："司马徽、徐元直的话怎么会假？还望先生不嫌弃我的浅薄，给我指教。"孔明说："德操（司马徽的字）、元直都是世上的高士，而我只是乡间一个农夫，怎敢随便谈论天下大事，两位老兄真是推荐错人了。希望将军不要丢了美玉来求顽石。"刘备说："有贤德的人最讲忠孝。贤士学文习武，建功立业，光宗耀祖，扬名后世，这是孝；救民于水深火热之中，辅佐君主，这是忠。先生您有干大事的才能，不为国家出力，却甘心躲在这山林之中，这恐怕不是一个讲忠孝的人的作为吧！当年孔子周游列国，教化世人，希望先生也能像孔子那样教我安邦立业的策略。"说完，又站起来深深下拜。孔明听了刘备的话，微微一笑，说："将军既然这么想听我的意见，那么我问您的志向如何呢？"刘备一听，心花怒放，让左右退下，把身子往孔明跟前靠，说："现在汉室衰落，奸臣当道，我知道自己能力很差，却很想挽回这种局面，匡扶汉室，只可惜想不出什么好办法，特来请先生指点。"

孔明见刘备这么诚恳，也就推心置腹地向刘备谈了自己对时事的看法。孔明分析了三足鼎立的局势，提出联合东吴的主张。他又分析了荆州、益州的政治形势，建议刘备占领荆、益两州，以皇室后代的名义，对外联合东吴孙权，对内整顿政令，发展生产。一旦有机会，就进攻曹操。这样，才能恢复汉室，建立霸业。

刘备听了，打心里佩服孔明。他对孔明说："听先生一席话，使我茅塞顿开。请先生跟我一同回新野，共同举仁义之军，拯救天下百姓。"孔明推辞不愿出山，刘备急得眼泪都流出来了，说："先生不肯出来帮我，汉室的天下就完了。"说完，痛哭流涕。孔明见刘备是一片真心，才答应跟他回新野。刘备这才破涕为笑，叫关羽、张飞进来拜见孔明，献上礼品。孔明不肯收，刘备说："这不是送礼，只是聊表我的一点心意，请先生千万收下。"孔明这才收了礼。第二天，孔明把家事向兄弟交代完毕，同刘备一起下山去新野。就这样，刘备以他的一片赤诚（形容非常真诚），终于把诸葛亮请出了山。自从得到了孔明后，刘备的事业走上了一条兴旺发达的大路。而刘备"三顾茅庐"这个脍炙人口的故事，千百年流传下来，可以说是家喻户晓，妇孺皆知。

淡泊以明志

携民渡江，扶老携幼志愈坚
· · · ·

刘备三顾茅庐请来诸葛亮，回到新野后，两人整天形影不离，在一起商议天下大事。关羽、张飞看在眼里，心中都不服气。他们对刘备说："孔明年纪轻，有什么才学？哥哥敬他太过分了，又没有见他有什么本领。"刘备说："我得到孔明，就像鱼儿得到了水，你们不要多说了。"刘备遇事都和诸葛亮商量。在孔明的策划下，招募了新野的百姓三千多人，由孔明亲自严格训练，随时准备迎敌。诸葛亮到新野不久，曹操派夏侯惇带兵十万进攻新野。孔明领了刘备的军令，用计火烧博望坡，杀了夏侯兰，打得曹军一败涂地，初出茅庐就建了第一功。这一仗打得张飞等将领都心服口服，他们敬佩地说："孔明不愧是个真豪杰啊！"

当军队胜利回到新野后，孔明对刘备说："夏侯惇虽然败走，曹操一定会亲自带兵来的。"刘备说："那怎么办？"孔明说："我有一计，可以抵抗曹兵。新野地方太小，不能久住。我听说刘表得病了，生命垂危。您应该设法得到荆州，以荆州作为我们的安身之地。那里兵精粮足，可以抵抗曹操。"刘备听了，说："先生说得很有道理。但刘表对我有恩，我怎么忍心去夺他的地盘。"孔明说："您现在不取，后悔就来不及了。"刘备说："我宁愿死，也不做无义的小人。"大家听了刘备的话，更加钦佩他的为人了。这时，刘表的病日渐严重，派人来请刘备。刘备带着关羽、张飞连夜赶到刘表的病榻前。刘表拉着刘备的手，说："现在我已病入膏肓（病到了无法医治的地步，也比喻事情严重到了不可挽回的程度），只有托孤给你了。我的孩子都没有才能，我死之后，贤弟可以坐镇荆州。"刘备跪在床前，哭着说："我只有竭尽忠诚辅佐贤侄，怎么敢承担管理荆州的重任呢？"他一再推辞。第二天，来人报告说曹操进攻新野，刘备只好急忙告别刘表，又星夜赶回新野，把刘表托孤的事告诉了孔明。孔明说："主公您不接受荆州，大祸就离您不远了！"刘备说："景升待我这么好，如果我占了荆州，就落下个忘恩负义的罪名，我不能这么做。"

　　刘表的病一直不见好转，加上听说曹操率百万军队来攻打江汉，病情日益加重，他赶紧写了遗书，让刘备辅佐长子刘琦为荆州之主。蔡夫人知道了，气得让人关上内门，让蔡瑁、张允二人守住大门，不让任何人进来。刘琦从江夏赶来探望父亲的病，也被拦在门外。刘琦没办法，在门外大哭一场，回江夏去了。八月，刘表去世，蔡夫人写了一份假遗嘱，立次子刘琮为主。刘琮刚到襄阳，人马未定，曹操就率大军进攻襄阳。刘琮吓得六神无主，在谋士的劝说下，派宋忠给曹操送了投降书。宋忠在回来的路上被关羽捉住来见刘备。当刘备知道刘表已死，刘琮投降了曹操，哭得昏了过去。大家慌忙把他救醒，张飞说："事情既然已经这样了，就先斩宋忠，然后出兵渡江，夺了襄阳，杀了刘琮，哥哥就是荆州之主了。"刘备说："你不可以乱说，我要好好想想。"正在犹豫不决的时候，江夏刘琦派伊籍来了。伊籍也建议刘备以吊丧的名义到襄阳捉拿刘琮，杀叛党，占领荆州。孔明说："伊籍说得对，主公应该这么办。"刘备流着泪说："我兄临死之前曾经托孤于我，如果今天为了自己的利益失了信，到了九泉之下，有什么脸面去见兄长啊！"孔明说："如果不这么办，现在曹兵已到了宛城，前锋部队也离这里不远了，怎么办？"刘备说："不如到樊城躲避一下。"在商议不定的时候，探子飞报说曹军已到博望（今河南方城西南）了。

刘备忙一面叫伊籍赶回江夏整顿兵马，一面向孔明讨计谋。孔明说："主公放宽心，上次一把火烧了夏侯惇大半人马，今天也让他们遭同样下场，我们不在这里屯兵了。"于是让人在城里四处张榜，叫百姓跟随部队到樊城暂避，派孙乾到河岸调拨船只，运送百姓；安排关羽带人到白河上游埋伏，用沙袋堵住水流，等曹军一到，打开沙袋用水淹敌军；又让张飞带人到白河渡口埋伏，曹军被淹后，一定会到这里逃难，可以趁机堵杀，接应

关羽。孔明又叫赵云带三千人马取干柴放在靠近县城人家的房上，藏好硫黄等引火的东西。他料定黄昏后会有大风，只要大风一起，曹军一定要进城休息。到时候赵云把兵分成四队，刘备自己带一支人马埋伏在东门外，另外三队，分别守住南、北、西三个城门，留东门让曹军逃生。如果看见败军乱窜，不要去截杀，只在背后打，败军无心恋战，必然逃走。这就是以少胜多的战术，一定能获全胜。天一亮，赵云就整理队伍回樊城。孔明又叫

糜芳、刘封二人带两千人马，一半拿红旗，一半拿蓝旗，到新野城外三十里的鹊尾坡前摆开阵势。"等曹军一到，你们两人就把人马分开。糜芳引红旗在左，刘封举蓝旗在右，敌军弄不清怎么回事，必然不敢追赶。你们就去县城东、西、南、北角上埋伏，望见城中火起，就可以追击败兵了；然后到白河上游来接主公，千万不能失误。"

孔明调拨完毕，和刘备登上高城观战。战斗果然按孔明安排的这样进行，打得曹仁、曹洪的队伍败退到新野屯驻。曹仁派曹洪去见曹操，曹操听了战斗的结果，气得大骂："诸葛村夫竟敢如此猖狂。"说着就要带部队去打樊城。手下谋士刘晔劝他先去招安刘备。于是曹操派徐庶到樊城。徐庶对刘备说："曹操派我来，那是收买人心，是他的奸计。我本想与将军共建霸业，现在老母已丧，我的心也乱了。我虽然在曹操的手下，但早就说过终生不为他出一个计谋。将军您现在有卧龙辅佐，不愁大业不成。现在曹操准备分八路人马填平白河，攻取樊城，您要赶快决策，千万不要耽误了。"刘备问孔明怎么办。孔明说："赶快放弃樊城，到襄阳暂避。"刘备说："老百姓跟了我这么长时间，愿意跟随的就一同去，不愿意去的就留下。"孔明又派关羽去江岸准备船只。孙乾、简雍在城上高喊："现在曹操大军已到，这座孤城是守不住了，百姓有愿意跟随的就一同过江！"新野、樊城两县的男女老少都齐声大喊："我们就是死，也要跟着使君。"人们扶老携幼，拖男带女，一批批渡江。两岸哭声不绝，情景十分凄惨。刘备在船上看到这个场面，失声痛哭："为我一个人，使老百姓遭这么大的难，我还活着干什么？"说着就要跳江，左右的人急忙抓住他，但他禁不住大声恸哭。船到了南岸，刘备上岸回头看到对岸还有不少人没过来，又派云长去催促船只赶快渡运百姓。

来到襄阳城，刘备在城下大喊："刘琮贤侄，我只是想救百姓，对你并没有野心啊，请快快开门。"士兵向刘琮报告，刘琮吓得不知怎么办才好。蔡瑁、张允来到城楼上让士兵往城下射箭，百姓们望着城楼失声痛哭。这时蔡瑁手下将领魏延从后城冲上城楼，带领一百多人杀向蔡瑁，砍死守城的士兵，打开了城门，放下吊桥，大叫："刘皇叔快快领兵进城，讨伐国贼。"张飞见了就要冲进城去，刘备急忙拦住他说："不要再惊动百姓了！"就在这时，城上大将文聘又引兵来杀魏延，两队人马混战起来，城上杀声震天。刘备看到这种情景，痛心地说："本来是想保护百姓，现在反而害了他们，我不进襄阳城了。"孔明在旁边听到后，对刘备说："江陵是荆州的钱粮基地，不如先去夺江陵，这样比在襄阳强多了。"刘备听后，觉得正合自己的想法，就带领百姓离开襄阳，往江陵方向走去。襄阳城中的不少人，这时也趁机出城跟刘备一起走了。刘备率兵马数十万、大小车辆几千，老百姓不计其数，有的挑着担子，有的背着包裹，队伍只能缓缓而行。走了一阵，正好经过刘表的墓地，刘备便带将士跪拜在路旁，失声痛哭："小弟刘备无才无德，有失您的重托，这次行动实在是不得已，只希望兄长英魂能保佑荆州、襄阳的百姓，帮助我击退曹操的进攻。"三军将士无不为他那悲切之情潸然泪下。

这时探子来报：曹操已占领了樊城，现正收集船只，准备渡江追赶。孔明说："我们虽然有十多万人，但大多数是老百姓，一天只能走十多里路，这样何时才能到达江陵？如果曹操追来，怎么迎敌？不如暂时甩下百姓，军队先走。"刘备一听，眼泪又出来了，说："要做大事，必须靠人。这些百姓来投靠我，我怎能丢弃他们只顾自己呢？"孔明又说："追兵不久就会赶上来，先派云长去江夏求大公子刘琦起兵，到江陵会合。"刘备立刻写了信，派云长、孙乾去江夏求救，又命令张飞断后，赵云保护家小，其余人照顾百姓。这支队伍就像老牛拉车一样，一步步地往江陵挪动。孔明十分焦急，不安地说："云长去了，不知现在怎么样了？"刘备说："我想请军师亲自去催，如何？"孔明不敢推辞，和刘封带着五百士兵也去了江夏。刘备继续赶路。走到景山时，曹操的追兵赶到了。刘备率兵迎战，渐渐支持不住了。在这万分紧急的时刻，张飞带着一支人马杀出一条血路，救刘备往东逃去。一路上杀退文聘、许褚，冲出重围，但只跟出百余人，老百姓一个也没有了。刘备眼望西方大哭起来："百姓们都是因为我遭此大难，我的妻儿老小也不知下落。"刘备正在号啕大哭，突然糜芳身上带着数支箭，浑身是血地来到面前，滚下马，跪在地上说："赵子龙反了，投曹操去了。"刘备不信，"子龙不会背叛我的。"张飞却在一旁说："他看我们山穷水尽，就投曹操以求荣华富贵，这是常理，有什么不相信的！"刘备说："子龙和我是患难之交，他跟我是心如铁石，哪是富贵能动摇得了的。"糜芳又说："我是亲眼见他领着人去投曹操了。"刘备坚持说："子龙一定有原因，谁再说子龙叛变，我就杀了他。"张飞说："我亲自去找他，要是被我撞到，我一枪刺死他。"刘备叮嘱说："不要乱怀疑了，子龙决不会背叛我的。让他去，不要逼他。"张飞带着二十多人去找赵云。刘备就领着剩下的人马继续赶路。

刘备走到一片树林旁，稍作休息。一会儿，只见赵云浑身是血，怀里抱着一团东西，滚落下马，跪到了刘备面前。刘备看见赵云，禁不住泪流满面，忙问："子龙，你怀里是什么？"赵云气喘吁吁地哭着说："赵云有罪，罪该万死。糜夫人在当阳身负重伤，把阿斗交给我，她自己却不肯上马，投井身亡。我推倒土墙，把那井口掩埋了，抱着公子，只身冲杀，托您的福，总算回来了，现在公子就在怀里，但已没有动静，看来是保不住了。"众人围拢过来，赵云打开战袍，只见阿斗在怀里睡得正香。赵云双手把阿斗递给刘备，说："万幸，公子没事。"刘备接过儿子，看着眼前满脸伤痕、遍身是血的赵云，悲愤交加。突然，他把阿斗抛在地上，指着说："为了你这小子，险些损失了我的一员大将！"听刘备这样说，赵云感动万分，跪在刘备面前说："子龙就是肝脑涂地，也报答不了主公的恩情！"众人赶紧把阿斗抱起来，刚才还在酣睡的阿斗哇哇哭了，哭得大家纷纷伤心落泪。甘夫人忙接过阿斗，找食物喂他。众人又跟随刘备继续前进。刚到江汉，又与曹操追兵相遇，刘备这时人马已不足百人。正在这危急关头，关羽从江夏借了一万人马挡住了曹兵，保护刘备来到汉津。而这里早有船只在等候，原来是孔明和刘琦来接他们。孔明说："夏口城地势险要，粮草充足，虽然地方小，但容易长久驻守，我们可以驻军夏口，和江夏刘琦形成首尾呼应的阵势，抵挡曹操。"刘琦又请刘备先到江夏休整部队，然后再去夏口。刘备就让关羽带五万人马先去夏口，自己和孔明、刘琦一起去了江夏。

虎穴脱险，挫败东吴计谋

····

　　刘备到了江夏，和诸葛亮、刘琦共同商量久安的大计。孔明分析天下的形势，认为曹操势力很大，一下子是动摇不了他的，提出了联合江东孙权共同抗曹的策略。孔明又亲自到江东，凭着他的三寸不烂之舌，说服了孙权，使刘备、孙权终于联合起来。他们联合起来之后，打了不少胜仗。历史上著名的赤壁大战，就是刘备与东吴孙权联合作战，打败了曹操。经过赤壁大战，三国分立的局面已基本形成。刘备与孙权表面上是联合起来了，暗地里却一直在钩心斗角，他们都想扩大自己的力量，消灭对方。这一年，甘夫人去世，消息传到东吴，孙权手下的大将周瑜，为了向刘备要回荆州，想出一条美人计，派吕范去荆州做媒说亲。

　　刘备自甘夫人去世后，心情一直很郁闷，终日寝食不安。这一天，他正与孔明闲聊，有人报告说东吴吕范来了。诸葛亮不禁笑着说："肯定又是周瑜的计谋，一定是为荆州而来的，我先退避在屏风后面，吕范有什么话，主公您只管答应，并留他住下，然后我们再商议。"于是，刘备请吕范进来，问他："子衡（吕范的字）这次来，一定有事吧？"吕范说："前几天听说您不幸丧妻，现在有一门好亲，我是特地来为您做媒的。"刘备凄然一笑说："唉！中年丧妻是人生一大不幸，甘夫人尸骨未寒，我怎么能有这等妄想啊！"说着，禁不住潸然泪下。吕范劝道："皇叔，一个人没有妻子，就好像房屋没有梁。您正当中年，怎能不再娶呢！我主吴侯有一个妹妹，品貌出众，贤惠能干，如果你们两家能结秦晋之好，那么曹操也就不敢窥视我们东南了。这件事，对国对家都有利，真是两全其美，望皇叔考虑。"刘备问："这事吴侯知道吗？"吕范说："不先得到吴侯的同意，我就敢来说亲了吗？"刘备长叹一声，说："想我刘备年已半百，两鬓斑白，而吴侯的妹妹正是妙龄少女，恐怕不相匹配吧！"吕范听了，笑着说："皇叔，您不知道，吴侯的这位妹妹虽是个女子，志气却胜过男人。她曾经说过，'不是天下英雄，我不嫁'。现在你名震四海，德播华夏，这正是淑女配君子，怎么能以年龄的差距来推辞呢！"刘备听后，站起身来说："先生请先住下，让我好好考虑考虑。"随即设宴款待吕范。

到了晚上，刘备和孔明商量。孔明说："他的来意，我已经一清二楚，主公您可以答应这门亲事。让孙乾和吕范一起去见孙权，告诉他，您已允诺这门亲事了，选个吉日就去成亲。"刘备惊慌地说："军师既然知道是周瑜定计来害我，怎能让我只身到那虎狼窝里去呢？"孔明笑着说："虽然是周瑜的计谋，但怎能出我诸葛亮的预料！我只要略施小计，就能使周瑜一筹莫展，让吴侯的妹妹既属主公您，而荆州又万无一失。"刘备就派孙乾和吕范一同到江东去见孙权。孙权热情接待了孙乾，对他说："请你转告刘玄德，我招他为妹婿是为了永结姻亲，同心协力破曹，以扶汉室，并没有二心。"孙乾回到荆州，向刘备叙说了孙权的意思。刘备还是犹豫不决，不敢答应。孔明安慰刘备："我定好了三条计策，让子龙跟您同去，您尽管放心。"

建安十四年（公元209年）十月初，刘备把荆州交给孔明，选了十艘快船，带领五百余人，和赵云及孙乾一起去南徐（今江苏丹徒）。一路上寒风嗖嗖，刘备不知道这次结亲前途如何，总是惶惶不安。到了南徐，船靠了岸，赵云对刘备说："临来时，军师交给我三个锦囊袋，装有三条妙计，让我依次而行。今天到了这里，必须先看看。"赵云从贴身衣袋里拿出第一个锦囊袋看后，立刻对五百士兵如此这般吩咐一番，兵士们领了命令去了。赵云告诉刘备："乔国老是小乔（小乔是周瑜的妻子）的父亲。这个人秉性耿直，为人仗义，现在就住在这里，您必须先去见他。"于是刘备置办了金银礼品，牵着羊，担着酒，亲自去拜见乔国老，告诉他吕范做媒娶孙夫人的事。赵云又让五百士兵在城里到处传播刘备入赘的消息，弄得人人皆知。孙权知道刘备来了，就派吕范陪着，暂时在馆驿休息。

乔国老知道刘备的事后，兴冲冲地来见孙权的母亲吴太夫人，未进门就大声贺喜。吴太夫人说："我一孤老婆了，有什么喜可贺？"国老说："您的女儿已许刘玄德为夫人，玄德已到了南徐，您为什么还要瞒着？"太夫人吃惊地说："我真不知道有这事。"于是，立刻派人去打听。不一会儿，打探的人回来报告说："老夫人，真有这事。现在您的女婿正在江边驿馆，五百个随身兵士正在城中购买猪羊果品，满城的人都在说做亲的事。说媒的，女家是吕范，男家是孙乾，这两人也都在馆舍中侍候着呢。"国太听了，大吃一惊，派人去叫孙权。一会儿，孙权来到后堂，国太一见他就捶胸大哭说："你为什么这样不把我放在眼里！"孙权慌忙地问："母亲，您老人家有什么话就明说，为什么要这样呢？"国太说："男大当婚，女大当嫁，这是古今常理。你招玄德为你妹婿，为什么瞒我？要知道，女儿是我的亲骨

肉！"说完又伤心地大哭起来。孙权还想隐瞒，说："这是哪里的话？"国太说："要想人不知，除非己莫为。满城的人都知道了，你还瞒我！"乔国老在一旁也说："我也知道多日了，今天就是特地来向老夫人贺喜的。"孙权看瞒不住了，连忙解释说："不是这样的，这是周瑜用的计。因为要取荆州，如果用武力动刀枪，就怕百姓受难，所以就以此为名引刘备来南徐，让他归还荆州，如果他不肯，就杀了他。这是计策，并不是真的要招他为婿。"国太听完这番话，更加气愤，大骂："周瑜，这匹夫居然用我女儿之名使美人计。杀了刘备，我女儿可就是望门寡了，以后再怎么说亲？岂不误了我女儿一生啊！"乔国老也说："用这办法，即使得了荆州，也会被天下人耻笑，怎么能做这种事！"说得孙权无话回答。国太还是不住口地骂周瑜，乔国老劝道："事情既然已经如此，刘皇叔是汉室宗亲，不如就招他为婿，免得出丑。"孙权忙说："年纪恐怕不相当吧。"国老说："刘皇叔是当今豪杰，能招到这样一个女婿，也不辱你妹妹。"国太思忖着说："我还没见过这个人，明天约他到甘露寺相见。如果看不中，随你们怎么办；如我看中了，我就把女儿嫁给他。"孙权是个大孝子，不敢违抗母亲的意愿，只好答应。他吩咐吕范："明天甘露寺设宴，国太要见刘备。"吕范献计："可以让贾华带领三百个刀斧手埋伏在两边长廊，看到国太不高兴，一声号令，两边刀斧手一齐出来，把刘备剁成肉酱。"

　　乔国老从吴太夫人那儿回去后，派人给刘备送信，告诉他明天国太、孙权要亲自见他，让他多加注意。刘备知道后十分害怕，就和子龙、孙乾商量。赵云说："看来明天凶多吉少，我跟您一起去。"第二天，刘备把软铠穿在锦袍里面，贴身随从都佩剑紧紧跟在后面，赵云全副武装，率领五百军士一路随行。到了甘露寺，刘备下马先进法堂见孙权。孙权见刘备仪表堂堂，心中立刻产生一种畏惧感。两人互相施礼之后，一同来见国太。国太看到款款而来的刘备，心中就很喜欢。乔国老也对国太说："玄德有龙凤之姿、天日之表，并以仁德布施天下，国太能得到这样一位佳婿，真是可庆可贺啊！"刘备拜谢了国太，和孙权等人一起入席。不一会儿，赵云佩剑进来站在刘备身旁。国太问："这是什么人啊？"刘备说："常山赵子龙。"国太又问："是不是就是当日那位长坂坡救阿斗的勇士啊？"刘备回答："正是他。"国太钦佩地称赞："真将军啊！"让人给赵云赐酒。赵云趁喝酒之际悄悄对刘备说："刚才我看见走廊里有刀斧手埋伏，您可以告诉国太。"刘备听了，顿时变了脸色，"扑通"一声，跪倒在国太面前，哭着说："如果要杀刘备，请现在就动手吧！"国太吃惊地问："这话从哪里说起？"刘备说："廊下埋伏的刀斧手，不是要杀我，是干什么的？"国太听后，火冒三丈，责骂孙权："今天玄德做了我的女婿，就是我的孩子，你为什么让刀斧手埋伏在廊下？"孙权只好推说不知道这回事，故作姿态地喊吕范来查问，吕范推说是贾华干的。国太叫来贾华审问，让人推下去杀了。刘备立刻上前求情："如果为我而斩杀大将，我的心也会不安宁。杀了他，于亲事不利，我也难以在您这里久留。"乔国老也来相劝，国太这才叫放了贾华。

这场虚惊过后，刘备换了衣服，来到殿外。他看见院里有一块大石头，就拔出随身的剑，高高举起，仰天祷告："如果我能回荆州，成霸王之业，就斩断这块石头；如果死在这里，就剁不断这块顽石。"说完，手起剑落，只见火花迸溅，石头断为两截。这时身后传来孙权的问话："玄德，为什么这么恨这块石头？"刘备心里一震，回答说："我年近五十，不能为国家消灭贼党，心里常常恨自己无能。今天承蒙国太厚爱，招为女婿，这是我刘备半生以来一个新的转机。我向天求卦，如果能破曹兴汉，就能砍断这块顽石。"孙权听了，心中暗暗说："刘备你用这话来瞒我！"于是也举起剑对刘备说："我也向天问个卦：如果能打败曹操，也能砍断这块石头！"心里却暗暗祷告："如再取得荆州，兴我东吴，顽石也断为两半。"孙权一剑下去，石头也被砍成两段。见此情景，两人互相看着对方，都止不住哈哈大笑，相互搀扶着又重新回到殿堂入座，继续喝酒。孙乾用眼色暗示刘备，刘备会意，起身告辞。孙权送刘备出甘露寺，两人并肩来到江边，只见江风浩荡，白浪滔天，有一艘小船逆着波浪在江中穿行，刘备情不自禁地说："南方人善于行船，北方人善于骑马，今天我总算相信了。"孙权听了暗自思量："刘备说这话，是嘲笑我不会骑马吧！"于是让人牵来马，飞身上马奔驰下山，又扬鞭上岭来到刘备身边，说："您看南方人能骑马吗？"刘备也不说话，衣袍一揉，跃上马背，策马下山，不一会儿又急奔上山，两人立马在山坡上，扬鞭大笑。从此，人们就把这里称为"驻马坡"。

刘备告别孙权回到馆驿，孙乾对他说："主公您还得去求乔国老帮忙，早日成亲，免得夜长梦多，又生是非。"第二天刘备去见乔国老，说："这里有许多人要谋害我，我在这里不能久留。"国老说："玄德，你放心，我这就去告诉国太，叫她保护你。"于是，乔国老去见国太，告诉她：刘备因为怕人谋害，急着要回去。国太说："我的女婿，谁敢害他！"当即就让刘备搬进书院暂时住下，等选好吉日为他完婚。刘备又到了书院对国太说，赵云在外面住不方便，五百军士又好闹事，心里一直不放心。国太就让他们全部搬进府中住。这样，刘备一颗悬着的心才算放下来。

几天后，国太大摆筵席，为刘备和孙夫人完婚，婚礼热闹非凡。晚上，宾客散去，两行红烛接引着一对新人入了洞房。进了新房，刘备看见屋里放满了刀枪，在一旁侍候的奴婢也个个佩剑悬刀，顿时吓得魂不附体，一步也走不动了。管家婆见了，忍不住笑着对刘备说："贵人不要惊慌，我们夫人自小喜欢观看练

武，经常让侍婢们击剑玩耍，所以房中有刀枪。"刘备战战兢兢地说："这洞房不是练武场，我实在害怕。"管家婆赶紧禀告孙夫人。孙夫人笑着说："拼杀了大半生，还怕兵器。"但还是让人把刀枪搬了出去，奴婢也解下佩剑。刘备这才放心。婚后，刘备用尽甜言蜜语讨得孙夫人和国太的欢心，又送些金钱、衣物给侍婢以收买人心，并派孙乾回荆州报喜。

周瑜知道刘备真的娶了孙夫人，又出主意让孙权把刘备软禁在东吴，叫孙权用声色丧刘备的心志，让他逐渐疏远孔明、关羽、张飞，这样，不用征战就可以夺取荆襄了。于是孙权为刘备大兴土木，修建宫廷，供他金银财宝，让他尽情享受，送美女鼓乐为他消遣。刘备果然中了计，迷恋在声乐之中，只顾吃喝玩乐，不想荆州的事了。赵云见了，心中十分焦急。他按照孔明的吩咐，打开第二个锦囊袋，心中有了底。这一天，赵云故意惊慌地问刘备："主公您在这里住了这么久，就不想荆州吗？"刘备说："有什么事这么惊慌？""今天孔明派人来报告说曹操要报赤壁之战的仇，兴精兵五十万，直杀奔荆州来了，形势十分危急，让您赶快回去。"刘备说："那必须与夫人商量。"赵云说："如果告诉夫人，她一定不会让你走的；不如今晚我们就偷偷地走，晚了就坏事了。"刘备说："你先下去，我自有办法。"刘备到了里屋，见夫人不说话，只是流泪。孙夫人问他有什么烦恼。刘备说："想我刘备一生漂泊江湖，生不能服侍双亲，死不能祭拜祖宗，真是大逆不道啊！一年眼看就要过去了，一想起这些，心里就不痛快。"夫人说："你不要瞒我了，我已经听到刚才子龙的话了，你想回家。"刘备一听，慌忙跪下，流着泪说："夫人既然知道了，哪敢隐瞒呢？我如果不回去，就会失去荆州，被天下人骂；回去吧，又舍不得夫人，因此十分烦恼。"夫人说："我已嫁给了你，你到哪里，我就跟到哪里！"刘备说："夫人的心是这样，但国太和你兄长怎么会让你跟我走呢？"夫人说："你不要着急，让我去求母亲，放我跟你一同回去。"刘备摇头说："纵然国太肯放，你哥哥也一定会阻拦的。"夫人想了想，说："我有一个办法。等到初一拜年时，推说要到江边祭祖，然后不辞而别，怎么样？"刘备听了，高兴地说："如果能这样，刘备生死不忘，但千万不能走漏了风声。"

建安十五年（公元 210 年）正月初一，吴侯设宴招待文武百官，刘备和夫人来给国太拜年。孙夫人对母亲说："我夫父母祖宗的坟墓都在涿县，他一想起他们就伤心不已，今天想去江边遥祭祖宗。"国太说："这种尽孝的好事，哪有不答应的。"于是两人高高兴兴拜谢了国太出来。孙夫人乘一辆车，带着早已准备好的细软和数十名骑兵与刘备出了城，与早在江边等候的赵云和五百军士会合，前呼后拥匆匆离开了南徐，向荆州赶去。等到孙权知道，已经是第二天了。孙权气得把案上的玉石砚台都摔得粉碎。孙权先派陈武、潘璋去追。这两人走后不久，孙权又怕他俩对付不了孙夫人，就把自己的佩剑交给蒋钦、周泰，让他们去杀了孙夫人和刘备。刘备马不停蹄地赶路，刚到柴桑（今江西九江南），后面的追兵就到了。刘备吓得问赵云怎么办，赵云让刘备先走，他在后面护卫。刘备转过前面的山脚，突然前面蹿出周瑜手下的大将徐盛、丁奉带领的三千兵马。徐盛大喊："刘备快下马投降！"吓得刘备手足无措，一个劲儿地说："这前有拦截，后有追兵，叫我怎么办？"赵云说："主公不要惊慌，军师还有一条锦囊计。"赵云拆开第三个锦囊，刘备看后，赶忙来到孙夫人车前，哭着说："夫人，今天我心里话不得不说了。是吴侯和周瑜共同定计把你嫁给我，他们并不是替夫人前途着想，而是想把我困在东吴，夺取荆州。只要荆州一到手，他们一定要杀我。这是他们以夫人为诱饵下的钩。我冒着生命危险来了，是因为我听说夫人有男子一般的胸怀，一定会怜悯我的。在你兄长又要杀我时，我故意说荆州有难，实际上是想逃回荆州，但我又实在舍不得夫人，所以要你一同走。现在你哥哥在后面追，周瑜派人在前面堵，只有夫人能救这大难。如果你不答应，我就死在你车前，以报答夫人对我的情义。"孙夫人听了，恍然大悟，气愤地说："兄长既然不把我当亲骨肉看，我还有什么脸面再与他见面。今天的危难，我来解决。"于是让人把徐盛、丁奉叫到车前，大骂一顿，把周瑜也骂了个狗血喷头。徐盛想，我们都是臣下之臣，怎么敢为难她，只好放他们过去。

刘备走了不久，陈武、潘璋赶到了，把孙权的命令告诉徐盛、丁奉，四人又一起追来。刘备听到后面的喊声，急忙告诉夫人。夫人让刘备先走，她与子龙来对付。夫人见了四个人，斥责道："都是你们这些匹夫，挑拨我们兄妹不和睦。我已经嫁人了，现在回去又不是与人私奔。我母亲亲口答应让我们夫妇回荆州，谁敢阻拦？就是我哥哥来了，也要依礼行事。你们四人依仗着有兵权，想杀我啊！"骂得四个人面面相觑，没有回答。都想：他们再怎么说也是兄妹，加上有亲娘做主，况且孙权还是个大孝子，不敢违抗母亲命令的。一旦翻了脸，又是我们的不对，不如送个人情，放他们过去算了，于是又一次放了刘备。四人在返回的路上，又碰到蒋钦、周泰。蒋钦告诉他们四人，孙权命令杀了刘备。于是，徐盛、丁奉去给周瑜报信，剩下四人沿江继续追赶刘备。刘备一行人沿着江岸赶路，只见后面尘土飞扬，知道追兵又来了。这时，刘备无可奈何地说："我没日没夜地走，人困马乏，看来是死无葬身之地了。"大家正准备往四处逃散，忽然看见沿着江边停着二十多艘拖篷船。赵云说："天无绝人之路，上船，划到对岸，他们就追不上了。"刘备和夫人上了一条大船，只见从船舱中走出一个人，大笑着说："恭喜主公，诸葛亮等候多时了。"刘备一看，船中都是荆州的水军，真是又惊又喜，不知说什么好。这时，蒋钦等四人也追到河边。孔明笑着对他们说："我算着你们会来的。回去告诉周瑜，今后别再施美人计了。"岸上的人毫无办法，只得放了一阵乱箭。几十艘船扬起风帆，顺风而去。不一会儿，周瑜亲自带着水军，乘着战船，像流星一样追来了。孔明让船靠岸，上岸步行，周瑜也上岸追赶。正在这时，只听一声鼓响，关羽带着人马拦住周瑜，杀得吴军大败。就这样，在诸葛亮的巧妙安排下，孙权是赔了夫人又折兵，刘备大难不死，又躲过了一劫。

刘备娶了孙夫人，又做了荆州牧，在荆州广积粮草，训练兵马。远近许多有志之士都纷纷投奔荆州。这一天，有人报告东吴谋士鲁肃来了，刘备问孔明，鲁肃的来意是什么。孔明说："孙权让您做荆州牧，是因为他害怕曹操，不得不如此。而曹操又封孙权为南郡太守，这是想让我们和东吴相互吞并，他从中取利。现在鲁肃是为荆州而来。"孔明交代刘备："如果鲁肃向您提起荆州的事，您什么话也别说，就放声大哭，哭到悲切的时候，我自会出来劝解。"两人定好计谋，刘备便去迎接鲁肃。鲁肃来到后，坐下就说："我今日是奉吴侯的命令，专为荆州的事情而来的。你们借荆州这么长时间一直不还，现在既然做了亲家，还是商量商量归还为好。"刘备一听，什么话也不说，捂着脸大哭起来。鲁肃吓了一跳，忙问："皇叔这是为什么哭？"刘备还是不答话，只是一个劲儿地哭。这时，孔明从屏风后走出来说："我在后面听了很长时间了。您知道我家主公为什么哭吗？"鲁肃说："实在不知道。"孔明说："这有什么难理解的呢？当初，我家主公借荆州时，曾许下诺言，夺取西川后就归还。但您想想，益州的刘璋是主公的兄弟，都是汉朝的骨肉，如果兴兵去夺他的城池（城墙和护城河，借指城市），恐怕要被万人唾骂；如果不夺西川，还了荆州，又到哪里安身？要是不还，在吴侯面上也不好看。真是左右为难啊。想想就伤心，怎能不痛哭流涕呢？"孔明的话说到刘备的痛处，触动了刘备的真情，使刘备真的捶胸顿足，放声大哭起来。鲁肃急忙起身劝说："皇叔不要悲伤，与孔明再从长计议吧！"孔明紧接着就说："请您回去好好劝劝吴侯，把我们的为难之处告诉他，请再宽限些时候。"鲁肃问："如果吴侯不答应怎么办？"孔明说："吴侯既然把亲妹妹都嫁给了皇叔，还会不答应？请您回去多说些好话吧。"鲁肃为人一向宽厚，见刘备这么伤心，只好答应回去再商量。鲁肃回到江东，把事情经过先告诉了周瑜，周瑜又定一计，要鲁肃再去荆州告诉刘备："既然不忍心夺西川，那么我们替你去夺，取来之后作为孙夫人的嫁妆送给你，你们把荆州还给东吴。"周瑜还对鲁肃说："如果刘备同意，那我们攻打益州时必定经过荆州，就可以趁机夺回。"鲁肃把周瑜的意思告诉了刘备。孔明一听，就识破周瑜的"假途灭虢（jiǎ tú miè guó，泛指用借路的名义而灭亡这个国家）"之计，让刘备一口答应，然后做好了充分的准备。周瑜还以为刘备中计了，亲自带兵到荆州，结果被刘备杀得大败，气得周瑜箭伤崩裂，摔下马来。自此周瑜一蹶不振，带着"既生瑜，何生亮"的遗憾命归黄泉。

周瑜死后，诸葛亮亲自去东吴吊孝，遇见了襄阳的庞统。当他知道庞统要投孙权，就给庞统写了一封举荐信，说："我料吴侯不会重用你，如果你不如意，可以来荆州，我们共同辅佐刘备。玄德为人宽厚、仁德，是不会辜负先生的才华的。"果然，孙权见庞统相貌丑陋，心里就不喜欢，也就没重用他。鲁肃也建议他去投刘备，并给他写了举荐信，对他说："你去了刘备那里，要做好工作，不要使两家再互相攻击，应该联合起来共同破曹。"庞统说："这也是我此生的志向。"于是就去荆州见刘备。这时孔明正在四郡视察，不在荆州。刘备听人报告说江南一名叫庞统的名士特来相投，十分高兴，叫赶快请进来。庞统进来，见了刘备只作了个揖，没有跪拜。刘备见他长相丑陋，又不知礼节，心里也不太高兴，就问："先生为什么远道而来？"庞统也不拿出孔明和鲁肃的信，只是回答："我听说刘皇叔招贤纳士，所以特来相投。"刘备说："荆、楚这里刚刚安定，现在已没有空缺的职位了，离这里一百三十里的耒阳县，缺个县令，先生先去上任，等以后有了位置，一定重用。"庞统想：刘备对我太薄了。他见孔明不在，就勉强同意上任去了。因为心中不满，他自到县里，从不管政事，整天喝酒取乐。不少人向刘备告状，刘备听后十分恼火："这人怎么竟敢乱我的法度！"于是派张飞和孙乾去耒阳视察，让张飞如果发现庞统有违法乱纪行为，一定要严厉追究责任。

张飞等人到了耒阳，城里的官员都出城来迎接，就是不见庞统。张飞问："县令在什么地方？"有人回答："庞县令到任至今一百多天了，县里的事情一概不问，从早到晚只是喝酒，喝醉了就睡。这不，昨天喝醉了，到现在还没醒来呢。"张飞一听，十分恼火，就要去捉他。孙乾急忙阻拦说："庞士元（庞统的字）是一个很有本领的人，不可轻视他。我们先到县衙里去看看，如果有什么不当之处，再治他的罪也不迟。"张飞到了县衙，坐上大堂，叫来庞统，只见他衣冠不整，跌跌撞撞进了大厅。张飞说："我大哥认为你是个人才，让你做县令，你怎么敢这样乱搞呢？"庞统说："将军，你说我做错了什么事？"张飞说："你到任一百多天了，什么事也不问，一个案子也不审，这难道不是错吗？"庞统说："就这个百里小县，只有一些小公务，有什么难断的。将军坐着，看我发落。"于是，让公差把记事本拿来，将这一百多天的公务都一一做了处理；又叫人把一个个案件材料和人犯都带来，只见他一边问话，一边画押，把案子判得曲直分明，清清楚楚，没有半点差错。不到半天，什么事都处理好了，堂下的百姓纷纷向他叩头拜谢。

庞统把笔一扔，对张飞说："我误的事在什么地方？曹操和孙权，对我来说也只不过像手掌上看纹路一样。这样一个小县的事务，有什么了不起的？"张飞看得发呆，听得吃惊，慌忙下堂对庞统说："哎呀！先生是个有大才的人，我一定要到大哥那里全力举荐你。"这时庞统才把鲁肃的信拿出来给张飞看。张飞对孙乾说："要不是你，我们差点损失了一位大贤人。"于是张飞赶紧回荆州，向刘备仔细介绍了庞统的才能，并把鲁肃的信给刘备看。鲁肃在信中说庞统非常有才华，提醒刘备不要以貌取人。刘备十分懊悔当初对庞统的态度。

这时，孔明回来了，一进门就问："庞军师近来可好？"刘备说："我让他做了耒阳县令，可他整日不理政事，我正要问罪呢！"孔明笑着说："庞士元不是一个百里之才，他胸中的才学胜我十倍，我曾经给他写过举荐信，主公您是否看了？""没有，但看到了鲁肃的信。"刘备把张飞说的事也一一告诉孔明。孔明说："一个有才能的人不被重用，心中不满，就会以酒浇愁。"刘备说："要不是三弟告诉我，差点失去了一位能人。"于是，马上派张飞再去耒阳把庞统恭恭敬敬地请到荆州。刘备一再向庞统赔礼道歉。庞统见刘备态度诚恳，才把孔明的信拿出来交给刘备。孔明在信中说，凤雏到后，可以重用。刘备高兴地说："当年司马徽曾经说过，伏龙、凤雏两人如得一人，就能夺天下。现在我两个人都得到了，这下汉室可以复兴了。"随后，刘备任命庞统为副军师中郎将。

天府之地，非其主不能守

刘备一直准备往西川开辟新地盘，占领益州，因此，他密切关注益州的一切动静。益州牧刘璋是个没有什么才能的人，但他手下有两个谋士，一个叫张松，一个叫法正，两人是好朋友，并且都很有才干。他俩认为刘璋庸碌无能，在他手下做事没出息，早有另谋出路的想法。当汉宁（今陕西汉中）太守张鲁要起兵攻打益州时，刘璋派张松到曹操那里去求援。张松本想投靠曹操，但曹操没把张松放在眼里，赶走了张松。张松又想到荆州刘备那里探探情况，刚到郢州界口，就看见赵云带着五百多人在那里迎候他。赵云告诉张松说："皇叔知道先生远道而来，一路辛苦，特地命令我在这里迎候先生。"说着，赵云接过军士送来的酒菜，跪着献给张松。张松很受感动，心想，人们都说刘备宽宏好客，果然如此，哪像曹操那么傲慢，瞧不起人。于是他便与赵云一起来到荆州的界首。这时天色已晚。他们来到驿馆，只见门外两边近百名军士排着队，敲锣打鼓夹道欢迎他。关羽来到张松面前施礼，说："奉主公命令，在这里为您洗尘。"进了驿馆，酒菜早已摆好，关羽陪张松饮酒吃饭直到深夜。第二天，大家一起继续赶路，走了大约三五里路，就看见前面过来一队人马，中间是刘备，卧龙在左、凤雏在右。刘备远远看见张松，就下马等候。见面后，刘备说："久闻先生大名，只恨山高路远，不能相见。今日听说先生回益州，特地到这里相迎；如果先生不嫌弃，就请到荆州休息休息，叙叙我渴望见先生的心情。"张松听了非常高兴，与刘备来到荆州城。

刘备设宴款待张松。席间，刘备对西川的事只字不提，张松忍不住问："现在皇叔守有几郡？"孔明说："荆州还是暂时借东吴的呢。他们已多次派人来讨，现在因为主公是东吴的女婿，才算暂时安身。"张松说："东吴占据了六郡八十一州，国富民强，还这么不知足！"庞统说："我家主公是汉帝的皇叔，反倒不能得州占郡，那些汉室的反贼却以霸道占据，真让人不平。"刘备忙说："你们不要说了，我有什么德行，怎么敢奢望居高位，占城池！"张松说："不对！天下并不是一人的天下，而是天下人的天下，应该让有德有才的人来管理，更何况您是汉室宗亲，仁德四海有闻，不要说得州占郡，就是称帝也不过分。"刘备听了，诚惶诚恐，拱着手说："先生说的我怎么敢当啊。"他们越谈越投机，刘备留张松住了三日，并不提川中的事。张松要回去了，刘备在十里长亭为他送行。刘备举起酒杯，说："承蒙先生不见外，肯在我这里停留三日，今日一别，不知什么时候再能听到您的教诲？"说着说着，就流下了眼泪。

张松心想，刘备果然有尧舜风范，真叫人感动，不如把心事跟他说了。想到这里他对刘备说："我也舍不得您啊！真想早早晚晚在您身边效劳，只恨没有这个机会。这几天来，我看荆州东有孙权，北有曹操，他们都怀有并吞荆州的野心，这里不是您久留之地啊！"刘备说："我也知道，但是哪有合适的安身之处呢？"张松忙说："益州地势险要，人杰地灵，国富民强，有数十万军队。那里的仁人志士早就仰慕您的仁德，如果您能用荆、襄的兵力进攻西川，霸业一定能成，汉室可以复兴。"刘备说："我怎么敢这么做，刘璋也是汉室宗亲，他在益州已经很长时间了，不是轻易就能动得了他的。"张松说："并不是我卖主求荣，今天我遇到了明主，不能不肝胆相照。说实话，刘璋虽然有益州这块地盘，但他禀性软弱，自己没有本领，对部下赏罚不明，不能任贤用能，加上北方有张鲁侵扰，因此人心涣散。实不相瞒，我这次本想投奔曹操，谁知曹操实在是太专横，欺君罔上，最终必是汉朝的大祸。您可以先取西川作为根基，然后北图汉中，再取中原，以匡扶汉室，名垂青史。您如果有这个打算，我愿作为内应，以效犬马之劳。"刘备说："感谢先生诚意，但刘璋和我是同宗兄弟，如果互相拼杀，恐怕要被天下人唾骂。"张松说："您知道天时人事的道理吧！如果以人事而背离天时，恐怕就会失去机遇了。大丈夫在世，应当努力建功立业，今天如果不取西川，一旦被人夺走，那就后悔莫及了。"刘备说："您说的是有道理，但我听说蜀地千山万水，有许多艰难险阻，虽然想夺取它，可要用什么办法才行呢？"张松听了，便从袖筒中取出一张地图，递给刘备："为了报答知遇之恩，我献给您这张地图。看过这张图，一天之内，您就知道蜀地的道路了。"刘备展开地图一看，上面有地理行程、山川要道，连兵府粮库等等都标得清清楚楚。刘备感激得不知说什么好。张松又说："您赶快出兵，我还有两个朋友法正和孟达，他们也会帮助您的。如果他们到荆州来，可以跟他们商量计议。"刘备拱手拜谢，说："青山不老，绿水长流。他日再相逢时，一定要好好报答您的恩情。"张松说："我是遇到了仁义之主，不得不把一切告诉您哪！不敢奢望什么报答。"

　　张松回到益州见了刘璋，说曹操有并吞益州的野心。刘璋急得不知怎么办，张松劝他说："刘备是主公的本家，又是曹操的对头，跟他结交就可以对付曹操。"刘璋听了他的话，就派法正带着自己的亲笔信去荆州。刘备见了法正，高兴极了，对法正说："我久仰您的英名了，张松多次跟我提到您的德行，今日能亲耳聆听您的教诲，真是有幸。"法正说："我只是蜀中一名小小的官吏，哪有什么德行啊！俗话说'马遇伯乐而嘶，人遇知己而死'，张松上次说的事，您没有改变主意吧？"刘备说："我半生寄人篱下，没有自己的安身之处，怎么能不伤感！常言说，狡兔都有三窟，何况人呢。再说蜀地又是块富庶的地方，哪有不想的道理！只是一想到刘璋是同宗兄弟，就下不了决心。"法正说："益州这个天府之国，不是能治乱的明主是站不住的。刘璋不能用贤立事，无勇无谋，又过于软弱，这块地方早晚也会属于别人的。机会千万不能错过，您只要出兵，我一定效全力。"刘备说："请先生先休息，让我再好好考虑考虑。"送走了法正，刘备背着双手，在堂下来回踱着。庞统见了，笑着说："遇事不果断不是聪明人。主公您一向很有主张，为什么这次这么犹豫不决？"刘备停住脚步问："依你看，应该怎么办？"庞统说："荆州这里荒凉贫瘠，东有孙权，北有曹操，很难站住脚；而益州人口百万，地大物博，依靠那里的人力、物力，完全可以成大业。现在有张松、法正做内应，真是天赐良机，还有什么可犹豫的呢？"刘备听后，长叹一声："现在与我水火不相容的最大敌人是曹操。过去我总是采用与曹操相反的策略，曹操急，我就宽，曹操施暴我施仁，曹操奸诈我守忠，所以事情才能成功。今天，我贪这小利而失信于天下，这实在是我不想做的事。"庞统说："您的话说得是合天理，但现在是天下大乱、用兵争权的时候，如果您还拘泥于礼，那就寸步难行了。古人说'逆取顺守'，您现在不夺，也会被别人夺走。历朝历代都以强权夺得天下，用仁义守天下。望主公仔细考虑。"刘备拜谢说："先生的金石之言，我一定铭记心中。"于是，又请孔明等人商量计议起兵西征的事。刘备决定让孔明与关羽、张飞、赵云守荆州，自己和庞统、黄忠、魏延一道率领军队进发西川。

刘备一行走了没多远，就遇到了刘璋派来迎接的四千人马。刘备也就先派人去益州报告刘璋。刘璋给沿途各州郡发出书信，要他们给刘备提供钱粮。他还亲自带了三万人马和一千多辆装着粮草、衣物的车子去涪城（今四川绵阳）迎接刘备。刘备的军队所到之处，对老百姓秋毫无犯，纪律严明。所以百姓们纷纷扶老携幼，焚香礼拜，夹道欢迎。张松又派法正去见庞统，告诉他刘璋去涪城迎接刘备，这正是动手的好机会，千万不可错过。庞统说："先别声张，让他俩相见后再说，如果走漏了风声，肯定会坏事。"涪城到成都三百六十里。刘璋到了涪城，派人去迎接刘备。刘备驻在涪江岸上，进城去见刘璋，兄弟见面，十分亲切，共叙手足之情。之后，刘备回寨。这时庞统问他："主公，今天会见刘璋，可看见什么动静？"刘备说："他待人真诚，真是我的好兄弟。"庞统说："刘璋虽然人善，但他手下的人却怀着很大的不平，对主公可没正眼相看，这是凶是吉？依我的主意，明天我们宴请刘璋，就在筵席上杀了他，可以不费一刀一枪就占领西川了。"刘备听了直摇头，"刘璋是我的同宗手足，他诚心待我，而且我刚到蜀中，就毫无信义地做这种事，天理难容啊。"庞统说："主公，这并不是我的主意，是法正带着张松的亲笔信来的，说事不宜迟，要赶快行动。"法正在外面听他们讲话多时了，此刻便进帐内说："主公，我们这样做也不是为了自己，实在是顺应天命。"刘备仍然坚持说与刘璋是同宗，不忍动手。法正说："主公您错了，张鲁与蜀有杀父之仇，您不杀刘璋，张鲁也要夺益州复仇，不如我们赶快行动。您不远千山万水已来到这里，进则事业成，退则前功尽弃。如果您犹犹豫豫，日子一长，机密泄露了出去，被别人暗算，到那时您到哪里去安身？还是应该快下决心，趁着这天时、地利、人和的大好时机，拿下西川，建立您的基业。"庞统苦口婆心劝说，刘备思前想后，还是认为这样做不妥。

第二天，刘备设宴答谢刘璋，两人共叙衷肠，亲热万分。庞统和法正商量："机会这么好，这事就由不得主公了。"于是，让魏延舞剑，借机下手。魏延拔出剑说："这席间没有什么娱乐，我愿意舞剑助兴。"庞统把武士们也叫到堂中，就等魏延下手。刘璋见了，吃了一惊，他手下的大将张任也忙拔出剑说："舞剑还应成对，我来陪你。"两人就这样在堂前对舞起来。张任用眼睛死死盯着刘备。庞统向刘封使了个眼色，刘封便拔剑加入。刘璋手下的刘琰等人也各自舞起了剑，说："我们来个群舞，让大家开开心。"这时整个大厅内剑拔弩张，一触即发。刘备十分紧张，急忙起身大声说道："我们兄弟同是汉室宗亲，见了面痛饮对谈，并无猜忌。这里又不是'鸿门宴'，用不着舞剑添乱，谁不放下剑，就杀了谁！"刘璋也紧跟着说："兄弟相聚，舞什么剑，把剑都拿下去！"刘备把刘璋的将领都叫到堂上，亲自给他们一一赐酒，并说："我们兄弟是同宗骨肉，在一起共商国家大事，并没有什么二心，大家千万不要乱怀疑。"众将领听了，也都叩头拜谢。刘璋感动得抱着刘备哭着说："您的恩情，我一辈子也不会忘。"就这样，又继续饮酒谈天，直到天黑才散席而去。刘璋走后，刘备狠狠地责备庞统："我以仁义布施天下，怎么能做这种事，这事你们不要再说了。"刘璋也不听手下人的劝说，与刘备天天在一起饮酒叙谈。

日子过了百余天，一天有人报告说，张鲁进犯葭萌关（今四川广元西南），刘璋请刘备相助，刘备欣然答应，带领人马到葭萌关去了。刘璋手下人劝他要防备刘备兵变，加强防守各处关隘。刘璋便命令蜀中名将杨怀、高沛两人把守涪水关，自己回成都去了。

斩杀杨、高，攻取西川第一城

••••

刘备在葭萌关，有消息说曹操要兴兵进攻东吴的濡须。刘备问庞统："现在曹操进攻孙权，如果得胜，就会来夺荆州，孙权得胜也会来荆州，这怎么办呢？"庞统说："主公您别担心，有军师诸葛亮在那里，他足智多谋，东吴不敢进犯荆州的。我看您就写信给刘璋，推说曹操要攻打孙权，孙权向您求救，您与东吴是唇齿相依的邻邦，唇亡则齿寒。从目前情况看，张鲁只顾守住自己的地盘，一时还不敢进犯，所以要回荆州，与孙权一同对付曹操。可是现在兵少粮缺，希望他能看在同宗兄弟的分上，快快拨借三四万精兵，粮食十万斛，还有布匹、武器等，务请连夜送来，千万不能延误。等得到了兵马粮草，再做打算。"刘备听后，觉得有道理，就派人去成都送信。杨怀带使者去见刘璋。他劝刘璋说："刘备自入川以来，广施仁德，收买人心。这个人心术不正。今天他又来求借兵马粮草，千万不能给他，如果给他，就像往烈火上抱干柴，这火就难灭了。"手下刘子初也劝说："刘备是个有野心的人，把他留在蜀中，是引狼入室；如果再给他钱粮，那就是给虎狼添翼，万万不可答应。"刘璋觉得他们说得有道理，可是碍于兄弟情分，还是拨了老弱兵士四千，米一万斛，彩缎五千匹和一点兵器车辆，先派人给刘备报信。

杨怀随后到葭萌关见刘备。刘备一听只给这么点东西，勃然大怒，拍案而起，撕了刘璋的回信，说："我为你刘璋破敌，费尽心力，你却守着财产舍不得给，这样怎能让人为你去拼死作战！"吓得送信人连夜逃回成都。庞统说："主公一向以仁义为重，今天这是怎么了？"刘备说："这件事你看该怎么办？"庞统说："我有三条计策，说出来后，请主公您自己选择。第一，今天就选精兵良将，昼夜兼程，去攻打成都，一举定大局，这是上策；第二，杨怀、高沛都是蜀中名将，各自守着重要关隘，您假装就要回荆州，他们听了，一定会来送您，就在送行时，把他们捉住杀了，这样就能夺得关口，先占领涪城，然后再攻成都，这是中计；第三，退回白帝（今四川奉节东），连夜赶回荆州，等以后再慢慢想办法，这是下策。主公，您就赶快拿主意吧。"刘备说："军师的上策太急，下策又太慢，只有中计不紧不慢，可以施行。"庞统说："那您快快给刘璋写信辞别吧，就说曹操命令大将乐进引兵已到青泥镇（今陕西蓝田），关羽抵挡不住，您要亲自去助战，时间紧迫，来不及告别，只能写信告辞。"刘备写好信，派人送到成都。张松知道后，以为刘备真的要走，急忙写信劝刘备不要走，没想到这封信让他兄弟张肃拿到，交给了刘璋。刘璋见信后十分气愤，杀了张松全家。又赶紧派人报告各个关隘添兵严守，不许放荆州的一人一马入关。

刘备率领部队从葭萌关来到涪江，派人到关隘向杨怀、高沛通报，说要回荆州，明天经过时，请两位将军来告别一下。杨怀、高沛两人商量好，准备到时随身携带尖刀，杀了刘备，为刘璋除去一患。第二天，刘备大军来到涪水边，庞统对刘备说："主公，如果杨怀、高沛欣然而来，我们可要提防；如果不来，就直接攻打关口，不能迟缓。"话说到这里，忽然一阵大风，吹倒了马前的帅旗。庞统见此忙说："这是警报。主公，杨、高二人定有杀机，快快整理好部队，准备抗敌。"刘备便披上金铠，带上宝剑。不一会儿，来人报告说杨怀、高沛来了。庞统马上吩咐魏延、黄忠，只要是关上来的兵，一个也不要放回。杨怀、高沛领着两百多人，牵着牛，抬着酒，来到中军，观察刘备并没有什么准备，心中暗暗高兴，以为刘备中计了。两人下马，来到帐中，见了刘备，上前施礼："听说皇叔要回去了，特地准备些薄礼来为皇叔送行。"说着，就要向刘备敬酒。刘备紧接着就说："两位将军守关也很辛苦，应当先喝了这杯酒。"这时杨、高二将只得先喝了这杯酒。喝完，刘备又说："我有秘密的事要和二位将军商议，其他人就都退下去吧！"杨、高手下的二百多人就这样被迫退出中军。这时，刘备坐了下来，把脸一沉，喝道："来人，替我把他们绑下！"话音刚落，帐后刘封、关平冲出来捉拿杨、高。他俩还想抵抗，但被刘封、关平一人捉一个押到阶下。刘备斥责道："我和刘璋是同宗兄弟，你们二人为什么要合谋离间我们？"庞统说："搜他二人。"结果从他们身上搜出两把尖刀。庞统见了，厉声说："你们两人本来就准备杀我主公，真是罪该万死！来人，推出去斩了。"刀斧手把杨、高二人砍死在帐前。

黄忠、魏延把两百多名军士也全捉住，刘备把他们叫到帐内，给他们每人一杯酒压惊，然后说："杨怀、高沛二人离间我们兄弟之情，今天又藏刀要谋杀我，我已把他俩杀了，这不关你们的事，大家受惊了。"两百多人听了纷纷跪下，在地上叩头，感谢刘备不杀的恩情。庞统说："大家快起来，今晚给我们带路，等夺了关口，都有重赏。"当天夜里，在这两百多人的带领下，来到关下，喊道："将军有急事回来，快开门！"城上的守军一听是自己人，便马上打开城门。刘备的军队一拥而上，轻而易举拿下涪城。第二天，在涪城县衙府内，刘备设宴犒劳部队。刘备心里高兴，喝得有些醉意。他举着酒杯来到庞统面前说："怎么样，今天的盛会令人高兴吧！"庞统说："攻占别人的国土，以此为乐，不是仁义之师。"刘备听后，生气了，大声说："我听说当年武王伐纣得胜后也是前歌后舞，难道也是兴不义之军吗？你说的话太没道理，赶快给我出去。"庞统听了，面无惧色，大笑着走了。兵士把刘备扶到后堂睡下。刘备一觉睡到四更天才醒。左右的人就把他昨晚怎样赶走庞统的事告诉了他。他一听，后悔莫及，赶紧穿上衣服到堂前，请来庞统，连连赔礼："先生，我昨晚喝醉了，冒犯了先生，请你千万不要往心里去。"庞统忙答："主公，怎么能怪您呢？我也有错。"刘备听了这才放心，又说又笑，两人你一言我一语，就像根本没有发生昨晚的事情一样。

平定西川，奠定蜀国基业
· · · ·

　　刘备得了涪城，又决定攻打雒城（今四川广汉北）。在攻打雒城的战斗中，受到雒城守军的顽强抵抗。军师庞统在落凤坡（位于今四川德阳罗江）被乱箭射死。刘备派人给诸葛亮送信，请他赶快来涪城，共商进取西川的大事。孔明到涪城后，用计活捉了雒城守将张任，拿下雒城。刘备进了雒城，张贴安民告示，重赏有功将领，接着就和众人商量夺取成都的策略。法正说："我来给刘璋写信，劝他投降。"刘璋见了法正的信，气得大骂，不但撕了他的信，而且逐其使者出城。益州太守董和建议刘璋到汉中张鲁那里去借兵。刘璋两次派人去汉中。第二次派黄权去见张鲁，答应给他十二州的地方，张鲁才同意出兵，派了手下一员猛将马超去攻打刘备。马超打仗十分勇猛，刘备几次都不能取胜。孔明建议用计让马超归顺。刘备也说："这几天与他交战，看他是个将才，如果能得到这员虎将，当然再好不过了。"孔明说："我听说张鲁曾经想自立为'汉宁王'，他手下的谋士杨松是个十分贪财的人，我们可以先用金钱贿赂杨松，然后写信告诉张鲁，我们与刘璋争西川，实际上也是为他报了仇，千万不要听信别人的离间，等大事告成后，一定保他做'汉宁王'。"于是刘备派孙乾带着礼物去见杨松。杨松见钱眼开，立即带孙乾去见张鲁。

张鲁看了刘备的信，说："刘备只是个左将军，他怎么能保我做'汉宁王'？"杨松说："他是大汉皇叔，可以向天子保奏。"张鲁高兴地说："既然如此，我派人叫马超收兵。"没想到马超不愿罢兵，他说："战斗没获胜不能退兵。"杨松一连三次派人去说，马超就是不肯休战。杨松就在张鲁面前说马超的坏话："他不肯退兵，一定是想造反，夺取西川，自立为蜀王。"张鲁问杨松怎么办，杨松说："您派人对马超说，既然要战，就给你一个月时间，但必须做到三件事：一是要夺取西川，二是要拿刘璋的首级，三是要打退荆州刘备的军队。三件事办到了有赏，办不到就杀。"马超听了，十分吃惊，想想自己还没有能力做到这三件事，只好收兵。杨松又在张鲁跟前放出流言，说马超回来一定怀有不良用心，千万不能放他进汉中。张鲁就派他弟弟张卫分七路军把守各个隘口，准备与马超决战，弄得马超进退两难。诸葛亮得到消息后，对刘备说："现在马超正举棋不定，我要亲自去说服他投降主公。"刘备不放心地说："你是我的心腹，万一有个闪失，我就成不了大业了。你即便有良策，我也不放心你去。"孔明坚持要去，刘备再三劝阻，正在争持不下，来人报告说西川的李恢带着赵云的推荐信投降来了。刘备见了李恢问："我听说你曾经一再劝说刘璋不要与我来往，怎么现在又到我这里来了？"李恢说："俗话说好鸟都要择木而栖，贤臣要选明主辅佐。以前劝刘璋是尽我做臣子的一片心，他不听，那就必然要失败。现在您在蜀中广施仁德，我知道您一定能取胜，所以就来投奔您，这叫弃暗投明。"刘备见他态度十分诚恳，就说："先生这次来，一定对我大有好处。"李恢说："听说马超现在进退两难。我在陇西（今甘肃临洮）时与他有过交往，我愿意去说服马超投降，怎么样？"孔明在一旁说："正想找一个人替我去一趟。说说您准备怎么说服他。"李恢在孔明耳边如此这般地说，孔明连连点头，让李恢快去。

李恢到了马超的营寨，马超说："我知道李恢平时就喜欢当说客，现在一定是来说服我的。"就让二十个刀斧手埋伏在帐下。一会儿，李恢昂首挺胸、目不斜视地来到大帐内。马超端坐在帐中，一动也不动，指着李恢说："你干什么来了？"李恢说："特来做说客。"马超说："我的宝剑刚磨过，正好用你试剑！"李恢面不改色地说："如果说不通，就请你试剑。"说完，看了看马超，轻蔑地一笑说："将军要大祸临头了，只恐怕新磨的剑试不了我的头，要试你自己的头了。""我有什么祸？"李恢说："现在你前不能救刘璋退荆州的兵，后不能惩治杨松去见张鲁，真是四海之大，没有你容身之地。如果你这样失败了，有什么脸面见天下的英雄？"一席话说到马超心坎上。马超无可奈何地说："先生说的都对，但我实在无路可走啊！"李恢向四周看看，说："你既然想听我的话，为什么帐下还埋伏刀斧手？"马超急忙让他们退下。李恢接着说："刘皇叔广招天下贤士，我相信他一定能成大业，所以我就离开刘璋，投奔刘备。将军您为什么不能像我一样也弃暗投明呢？"马超很高兴地采纳了李恢的意见，跟李恢一起来见刘备。刘备亲自出城迎接，以贵宾的礼仪接待了他。马超感激万分，说："我今天遇到明主，就好像拨开乌云见了太阳。"马超主动向刘备说："主公，您的兵马不要再去厮杀了，我去叫刘璋来投降；如果他不降，我就与兄弟马岱一起夺取成都，双手献给您。"

再说刘璋在成都，整天躲在家里不敢出来。这天，来人报告，马超带着救兵到了城北，刘璋这才登上城楼。马超见了刘璋，用马鞭指着他说："我原来领张鲁的兵马来救益州，谁想到张鲁听信杨松的谗言，反而要害我。现在我已经归顺刘皇叔。你还是开城门投降吧！免得老百姓遭难。如果你执迷不悟，那我就要攻城了。"刘璋听了这些话，吓得昏倒在城头，众官七手八脚把他救醒。刘璋睁开双眼，叹了口气说："唉，全是因为我的糊涂，造成今天的局面，后悔也来不及了。不如打开城门投降，还能救全城百姓。"董和劝他："城里还有三万多部队，锦帛粮草还可维持一年，况且军民都有决一死战的信心，希望主公不要担忧。"刘璋说："我父子在蜀二十多年，没有给百姓带来什么恩惠；几年来的征战，已经使蜀地血流遍野，这都是我的罪过。不如投降，让老百姓得个安宁。"周围的人没有不掉泪的。第二天，来人报告说刘备派简雍在城下喊门。刘璋命令开门接他进城，待他像贵宾一样。简雍对刘璋说："刘备一向宽宏大量，爱惜贤才，并没有害人之心。"刘璋听了，心里主意已定，就带着印绶文书与简雍一起坐车出城投降。刘备出寨迎接，见了刘璋，紧紧拉着他的手，流着泪说："不是我不仁不义，实在是形势所迫，希望兄长能谅解。"刘璋交出印绶，和刘备一同进了成都。城里的百姓张灯结彩，夹道欢迎刘备。大大小小的官员都来拜见刘备，只有黄权、刘巴不来。刘备手下的人吵着要杀他两人。刘备下令说："如果有谁敢伤害这两人，我就灭他三族。"这一决定，使蜀中文武官员都很钦佩刘备，真心真意投降了他。刘备又亲自上门去请黄权和刘巴，两人被刘备的诚意所感动，心甘情愿地为刘备效力。

一切都安排妥当后，孔明说："现在西川已经平定。但一山不能有二主，可以把刘璋送到南郡去住。"刘备听了直摇头："我刚刚得了他的地方，不能马上就赶他走。"孔明说："刘璋所以失败，就是因为他太软弱了。主公您如果也像妇人一样心软，遇事不果断，恐怕在这里也待不长。"刘备只好同意，举行了一场盛大的宴会，授给刘璋振威将军的大印，让他带着钱财、妻儿老小去荆州，刘备自己当了益州牧。蜀中投降的文武官员都得了重赏，刘备给他们封了相应的爵位：严颜为前将军，法正为蜀郡太守，董和为掌军中郎将，许靖为大将军长史，庞义为营中司马，刘巴为左将军，黄权为右将军，其余六十多人个个都分配了相应的职务；又封孔明为军师，关羽为荡寇将军、寿亭侯，张飞为征远将军、新亭侯，赵云为镇远将军，黄忠为征西将军，魏延为扬武将军，马超为平西将军；对孙乾等一批荆、襄的文武官员都委以重任；又派人给关羽送去黄金五百斤，白银一千斤，钱五千万，蜀锦一千匹，对孔明、张飞、赵云、法正也是如数相赠，并命令杀猪宰羊，犒劳军队将士，开粮仓救济百姓。刘备的这一系列措施，大快民心。刘备还想把成都的一些田产分赐给诸将领。赵云劝说："过去霍去病曾经说过'匈奴不灭，将士怎能安家？'何况今天国贼还在横行，怎能只顾求安呢？应当等天下全部平定以后，才能各回乡里。益州的百姓连年遭受兵火灾难，田地荒芜，房舍无人，现在应该把这些田地、房子分给百姓，让他们安居乐业。这样，军队才能有粮食吃，才能有人服兵役。您不应当把这些田产夺来作为私赏。"刘备觉得他说得很有道理，就让孔明拟定了治国的政策法令，结果深得民心，西川四十一州全部平定。

顺乎民心，成就帝业
····

　　刘备占了益州后，孙权又来向他讨还荆州。刘备不同意，为了荆州，双方几乎打了起来。正当他们闹得不可开交的时候，曹操要进攻汉中，益州也受到威胁。刘备和孙权都感到曹操是他们强大的对手，于是双方讲和，刘备把荆州分为两部分，把长沙、江夏、桂阳三郡交给了孙权。刘备安定下了荆州这一头，就全力以赴来对付曹操。他亲率大军向汉中进发，让法正做他的随军谋士。曹操得到了刘备出兵的消息后，也组织兵力与刘备对抗，并亲自到长安指挥汉中的战事。在定军山的战斗中，老将黄忠杀了曹操的主将夏侯渊。赵子龙在汉水又大败曹军。刘备为赵云大摆庆功宴，高兴地夸奖他浑身是胆，是虎威将军。不久，曹操又派大军从小路进军，杀向汉水。刘备笑着说："曹操这次来，我量他还是无能为力。"他率领部队来到汉水两岸，等候曹操。一日，曹操的先锋徐晃、王平来到，黄忠与赵云向刘备请战，迎战徐晃。黄忠对赵云说："现在徐晃是怀着勃勃雄心而来，我们先不要忙于和他交战，等到天晚以后，他的锐气减弱了，我们再兵分两路夹击他。"按照黄忠的计谋，这一仗曹军又是大败，徐晃冒死拼杀才逃脱出去。回到营寨，他大骂王平见死不救，扬言要杀王平。王平当夜在营中放了一把火，带着他的人马渡过汉水，投降了赵云。赵云带着王平去见刘备，刘备说："我仰仗王平，夺取汉中是毫无问题了。"王平被刘备封为偏将军。

徐晃吃了败仗，逃回去见曹操，说王平见死不救又投了刘备，曹操气得亲自率领大军来夺汉水的营寨。赵云见曹军来势凶猛，怕孤军难战，就退回到汉水西岸，两军隔水对峙。刘备和孔明来到阵前视察，孔明见汉水上游一带是土山，可以埋伏千余人，于是吩咐赵云领五百人埋伏在山下。第二天，曹军来喊阵，叫了很长一段时间，蜀军就是无人理睬。曹兵没办法，也只好又回去了。半夜时，孔明见曹营已熄灯休息，就命令放炮，同时又要士兵击鼓鸣号。曹军以为有人劫寨，惊慌中起身跑出来，却又不见一人，炮声、鼓角声也停止了，一阵虚惊之后，只好又回去休息。刚睡下不一会儿，炮声又起，鼓角齐鸣，就这样反反复复折腾了一夜。如此一连三日，整夜都是这样，曹操受不了了，也有些害怕，就命令曹军后退二十里，在一片开阔地区安营扎寨。这时孔明又让刘备亲自带兵渡过汉水，在曹营背后扎了营。曹操见刘备背水扎营，心中十分疑惑，就派人去下战书，刘备答应来日决战。第二天两军相会在五界山前，各自摆好阵势。曹操出马站立在门旗下，两边布满了龙凤旌旗，擂鼓三次要刘备出来。刘备带着刘封、孟达和川中将领们出了阵。曹操一见刘备，扬起马鞭就骂："刘备，你这忘恩负义的小人、反叛朝廷的叛贼……"刘备也不示弱，大声反驳："曹操，你超越天子的权力，自立为王。我是大汉宗亲，奉诏讨伐叛贼来了。"曹操气得直咬牙，命令徐晃出马去捉刘备。刘封此刻策马出阵迎战徐晃，刘封见敌不过，拨转马头就走，曹操这时大喊："谁能抓住刘备，谁就为西川王。"将士们听了，士气大振，呐喊着冲杀过来。蜀军朝汉水方向逃去，一路上营寨都丢弃了，满地都是扔下的兵器、衣物。曹操的士兵见了，只顾争先恐后地抢东西，也就不去追击蜀军了。曹操看见，知道事情不妙，又中刘备的计了，马上鸣金收兵。众将不解地问："我们正要去捉刘备，您为什么收兵？"曹操说："我看刘备背水安营就有疑惑，你们看，他还没打两下就丢盔弃甲，一个劲儿地往回跑，其中一定有诈。"说完，曹操就命令火速退兵，一律不许捡拾东西，违令者斩。命令刚下达，曹操回头一看，只见孔明举起了号旗，刘备领着中军直冲而来，黄忠在左，赵云在右，形成夹击之势，把曹军打得节节溃退。蜀军在后面紧追不舍，杀声震天。曹操本想回南郑（今陕西汉中），还没到南郑，就看见五路起火，原来张飞、魏延已攻占了南郑。曹操吃惊万分，只好再往阳平关（今陕西勉县武侯镇）逃去。刘备的大队人马一直追到南郑的褒州，大获全胜。

刘备很高兴，问孔明："军师，这次曹操败得这么惨，是什么原因？"孔明说："曹操平时为人异常多疑，他虽然会用兵，但疑心总是那么重，我就是用布疑兵来胜他的。"刘备又问："先生，现在曹操退守在阳平关，他的力量已经很弱了，您看再用什么办法能战胜他呢？"孔明说："我已经想好了，主公可派张飞、魏延分两路去截曹操的粮道；命令黄忠、赵云也兵分两路去放火烧山，等他的粮草都没有了，还能拖长吗？"刘备拍手称赞："真是妙计啊！"

曹操在阳平关派许褚去战张飞，被张飞一矛刺下了马，许褚好不容易才在众将保护下逃回营寨。曹操气恼地亲自领兵出阵决战，刘备也率队迎战。刘备让刘封先出马，曹操一见便骂道："卖履小儿，老是让假儿子出战；我如果叫黄须儿（曹操的儿子曹彰）来，你的假儿子就成了肉泥了。"刘封听了，气得怒发冲冠，举起枪就向曹操奔来。曹操命令徐晃应战。打了几个回合，刘封假装打败，回马就走，曹操带兵在后紧紧追赶。只听蜀军中四处炮响，鼓角齐鸣。曹操大吃一惊，命令军队赶快撤退。这时曹军前面的往回撤，后面的还在往前冲，乱了阵脚，自相践踏，死伤不计其数。曹操逃回阳平关，刘备率军一直追到城下，在东门放火，西门呐喊，南门放火，北门擂鼓，直搅得曹操惊恐不已，丢下阳平关就逃，蜀军还是紧追不放。突然，前面冲出张飞的人马拦住退路，一阵拼杀，曹操在众将护卫下逃走。没走多远，赵云又领着一支人马从背后杀来，黄忠也从襄州杀来，曹操带领残兵不顾一切地逃跑。到斜谷（今陕西眉县西南）界口，忽见尘土飞扬，又一支人马直奔而来，曹操这时大声说："这支军队如果是伏兵的话，我命完了！"近前一看，原来是他儿子曹彰前来助战，曹操高兴地说："我儿远道而来，打败刘备就在眼前了。"于是，曹操就在斜谷界口安下营寨，准备与刘备再战。刘备派刘封、孟达二人各带五千人马会战曹彰，刘封与曹彰只战了三个回合就大败而归。孟达赶紧上前，正准备与之交锋，只见曹军中突然骚动起来，原来是马超、吴兰两支人马向曹军杀来。曹军猛然受到三路人马的冲杀，怎么能不心惊胆战！加上马超的军队来势凶猛，曹军被杀得节节败退，一直退到斜谷口驻地。马超率部队不分昼夜侵扰不止，曹营无一刻安宁，曹操只好再退回许都。在后退的路上，又遭魏延部队的袭击。曹操在这次战斗中被魏延一箭射中人中，吓得他连夜逃回长安去了。阳平关一战，刘备取得了决定性胜利，他在益州的地位也更加巩固了。

刘备在川东犒赏三军，对黎民百姓采取安抚政策，受到了广泛的拥戴。他手下的将领都想让刘备称帝，但谁也不敢擅自进言，于是大家推举诸葛亮去说服刘备。诸葛亮其实也早有这个心意，于是就与法正等人一起去见刘备，说："现在汉帝懦弱无能，曹操专权，主公也已年过半百，威名远播。这么多年来，您东征西战，现在总算有了西川这块地盘，完全可以像尧禅位给舜那样称帝了。做了皇帝，就可以名正言顺地讨伐国贼曹操。这是完全合天理的事，请您不要迟疑，选个吉祥的日子即位吧！"刘备听了，深觉震惊，说："军师说得不对，我虽然是汉室宗亲，但还是臣子，如果称帝，就是反叛朝廷啊！"诸葛亮忙分辩道："不对，现在天下分崩离析，英雄辈出，各霸一方。四海之内有才能的人都奔向有德有才之主，竭尽全力辅佐，他们不为名，也不是为了利。主公，您如果就是为了避嫌疑，死守仁义不称帝，那您手下这些人就会很失望，时间长了就会离您而去。主公，您好好想想啊。""这事我实在是不能做的。"刘备还是不答应。众将领听了，异口同声地说："主公，您要是再推辞，我们三军就要变了。"诸葛亮忙制止众人，想了想，便说："主公，您一向以仁义为本，我们都深知您不便称帝。我看是否能这样，现在您已经有了荆襄和西川，那就暂时称为'汉中王'吧。"刘备说："要我称王？！但是得不到天子的任命，也是名不正、言不顺呀！"诸葛亮又说："动乱的时候，应该顺应形势的变化，如果墨守成规，必然要误大事。"这时，张飞在一旁再也耐不住了，急得大叫："哥哥，那些异姓人都想当皇帝，何况哥哥你是汉室宗亲，如果你不称帝，那半世英雄不就成了一场梦！"诸葛亮忙说："是啊，主公您要顺应现在的形势，进位汉中王，我们会写表章向天子申奏的。"刘备再三推辞无用，又怕动摇了军心，只好答应。诸葛亮便让谯周向汉献帝写了奏表。建安二十四年（公元 219 年），刘备在沔阳（今陕西勉县东）筑起高台，占地九里，到处插满了旌旗，仪仗队、群臣都依次站在自己的位置上。刘备头戴冠冕，面南而坐，在鼓乐声中，接受文武百官的贺拜，自立为汉中王。立儿子刘禅为王太子；封许靖为太傅，法正为尚书令；封诸葛亮为军师，总领一切军务；封关羽、张飞、马超、黄忠、赵云为五虎大将，魏延为汉中太守。其余的人，都按功劳大小封了官位。

人人各得其所，皆大欢喜。

刘备在阳平关打败了曹操，在众将的拥戴下做了汉中王。随后，派关羽为先锋进攻曹军。关羽在樊城水淹七军，大败曹军。他的威名震撼了中原大地。魏王曹操听从司马懿的意见，准备派人去东吴游说孙权，共同对付关羽。吕蒙是东吴的名将，他一直认为刘备、关羽是反复无常的人，不能把他们当盟友看，极力主张出兵攻打关羽。正好曹操派人来联络，孙权立刻答应出兵袭击关羽的后方。曹操和孙权联合起来进攻关羽，致使关羽败走麦城。孙权派人劝说关羽投降，关羽誓死不降，带着几十个人逃出麦城。孙权派人在路上埋伏，活捉了关羽，把他杀了，收复了荆、襄的地盘。孙权十分高兴，把关羽战死的消息通报各地。张昭提醒他说："你杀了关羽父子，江东就要大祸临头了。关羽在桃园与刘备、张飞结义时就发誓共生死。现在刘备已占据了西川，文有孔明，武有张飞、赵云、黄忠、马超，如果他知道关羽死了，一定会兴兵为关羽报仇。刘备拼死进攻，我们怎么能抵挡得住！"孙权听了，急得直跺脚。张昭出个主意说："现在曹操有军队百万，虎视全国，他一直想得到汉川这块地方。刘备急着报仇，就会去投靠曹操；曹操想得到蜀地，就会接纳他。一旦他们联合起来，我们就非常危险了。不如先把关羽的首级用木匣子装好送给曹操；让刘备以为关羽是曹操杀的，使他们蜀魏相争，我们在一旁静观动静，从中得利。这样，既保住了东吴，又能得到蜀地。如果得了西川，还用怕曹操吗？"于是，孙权派人把关羽的头装在匣子里，连夜送给曹操。

曹操听说东吴派人送来了关羽的人头，高兴地说："关羽死了，我没有什么忧虑了。"话音未落，司马懿就说："这是东吴移祸于人的计谋。孙权杀了关羽，怕刘备报仇，就把关羽的头献给您，让刘备以为是您杀了关羽，不去打东吴，反来攻打我们魏国。一旦魏蜀交战，孙权就可以坐山观虎斗，见机行事，或是去攻西川，或是进攻中原。"曹操听了恍然大悟，忙问怎么办。司马懿说："这件事很容易解决。您把关羽按大臣的规格给以厚葬，并要让人人都知道这件事的前因后果。这样，刘备、张飞必然痛恨孙权，全力去进攻东吴。如果吴蜀交战，我们就可以看情况决策：蜀胜，我们就进攻东吴；吴胜，我们就进攻蜀。两处只要夺取一处，另一处也不会长久了，请王上斟酌。"曹操听了，连连点头说："这真是神机妙算啊！"于是，曹操以王侯之礼把关羽葬在洛阳南门外，并亲自拜祭。

在关羽被杀的那天晚上，刘备只觉得浑身发抖，坐卧不安，就披着衣服坐在灯下看书，看着看着，伏在桌上睡着了。睡梦中，他仿佛见一个人站在灯下，问他话也不答应。刘备很奇怪，站起来一看，原来是关羽，就高兴地说："二弟，自从分别以来，一切还好吧？你深夜到此，一定有事。"关羽流着泪说："请哥哥起兵，替我报仇雪恨！"刘备一下子惊醒，才知道是做了一个噩梦。刘备很不安，急忙请来孔明替他圆梦。孔明心中已经明白，但嘴上却说："这是王上思念云长，所以做了这个梦，不要多想了。"刘备再三让孔明说实话，诸葛亮只是用好话安慰他，让刘备好好休息。孔明告辞来到中门外遇见许靖，许靖告诉他说："今天来人报告说，东吴的吕蒙已经攻下荆州，关将军被杀害了。"孔明说："我晚上观看天象，见一颗将星陨落在荆、楚方向，就知道云长不好了。我怕王上担忧，没敢说。今晚，王上让我替他圆梦，我只好用好言劝说，免得他伤心。"两人正说着，刘备走出来一把抓住孔明的衣袖，颤声地说："云长已死，军师你为什么瞒我？"孔明和许靖慌忙跪在地上，说："刚才说的都是不确切的消息，不能相信，请王上放宽心。"刘备说："我与云长誓同生死，他如果死了，我怎能一个人活着！"孔明正在劝说，来人报告，荆州的廖化到了。刘备让赶快叫他进来。廖化一进来跪倒就哭，向刘备细细报告了关羽在荆州的遭遇。刘备说："如果这样，我二弟一定死了。"孔明忙安慰刘备，说派人去救荆州。刘备泣不成声地说："二弟如果死了，我怎么能活！明天我要亲自率兵去救二弟。"

刘备一面派人到阆中（今四川阆中）去告诉张飞，一面整顿兵马准备出征，还没到天明，就来人报告说关羽已经战死了。刘备一听，大叫一声昏倒在地。众人慌忙抢救，好半天他才缓过气来。众人把他扶上床，孔明在一旁劝："王上不要太悲伤。生死由命。关将军平日刚愎自用，所以遭到今天这样的大祸，您千万要保重身体。"刘备说："今天云长走了，我怎能独享富贵。如果不替他报仇，就背弃了当日的誓约。"说着又哭得昏了过去。就这样，刘备三天不吃不喝，只是痛哭，泪水湿透了衣襟，到后来眼睛都哭出了血。孔明再三劝说："云长死于非命，王上从兄弟情分考虑，理所应当替他报仇。但像您这样哭坏了身体，又怎么去为他报仇呢？"刘备咬牙切齿地说："我与东吴的仇不共戴天。"孔明告诉刘备："东吴怕我们报仇，把关将军的头献给曹操。曹操以王侯之礼安葬了他。"刘备听了问："这是什么意思？"孔明说："这是东吴嫁祸于魏，但曹操猜到了东吴的用心，所以才厚葬云长，也是为了让我们找孙权算账。"刘备说："我现在就领兵进攻东吴，替云长报仇。""不行！现在孙权想叫我们进攻魏，曹操想让我们攻打吴，他们各怀鬼胎，都想乘机得利。我们现在只能按兵不动，为关将军发丧。等吴、魏不和时，再讨伐东吴也不迟。"众文武官员也都苦苦相劝，刘备才算稍稍安静下来，暂时不提报仇的事。于是，川中全体将士人人披麻戴孝（旧俗子女为父母居丧，要服重孝，如身穿粗麻布孝服，腰系麻绳等），刘备亲自出南门祭葬，号啕痛哭了一天一夜。关羽的去世，对刘备是一个极大的打击。

孙权杀死关羽、占了荆州后，十分害怕刘备来报仇，便归顺了曹操。曹操封孙权为骠骑将军、南昌侯，领荆州牧。建安二十五年（公元 220 年）正月，曹操旧病复发，在洛阳去世。曹操去世后，太子曹丕做了魏王，掌握了朝廷的一切大权。消息传到汉中，刘备十分震惊，立即召集文武官员商议："曹操死了，曹丕继承王位，他对皇上的控制比曹操还要厉害。孙权已向魏拱手称臣。我想先出兵伐吴，为云长报仇，再讨伐中原，铲除乱臣贼子。"话音刚落，廖化就说："这次断送关将军父子性命的是刘封和孟达，我请求先杀了这两个人。"原来关羽在败走麦城十分危急的时候，曾派廖化到上庸关（今湖北竹山西南）求刘封、孟达出兵援救。刘封嫉恨关羽平时对他的轻视，借口害怕上庸关失守，没有出兵。刘备听后，就要派人去捉拿刘封、孟达。孔明说："不能匆忙行事，应该慢慢来。可以先把他们提升为郡守，然后调开，分别捉拿。"于是，刘备派使臣去上庸关，让刘封去守绵竹。有个叫彭羕的人和孟达交情很深，听到这件事，急忙回家写了封信派心腹送给孟达。送信人刚出南门，就被马超的巡逻兵捉住。马超报告了刘备，刘备把彭羕杀了。孟达知道彭羕被杀的消息后，吓得不知所措，正好刘备派的使臣已到，要调刘封去绵竹。孟达的心腹上庸都尉申耽劝孟达去投魏王。孟达立刻写了一份辞职书交给使臣，当夜带着五十多个人投奔魏王去了。刘封知道后急忙派人去追，已追不上了，只好自己守上庸，让使臣回去报告刘备。刘备看了孟达的信，气得大骂："这个匹夫背叛我，还敢写信来戏弄我，赶快派人把这个叛国贼给我抓回来。"孔明说："您可以派刘封去，让这两虎自相残杀。不管刘封是胜是败，他都要回成都，到时就杀了他。这样，一下子就除了两害。"刘备立即派人去上庸。刘封接到刘备的命令，毅然领兵去捉孟达。孟达知道刘封来捉他，便给刘封写信，劝他也投降魏王。刘封气得大骂："这贼小子上次误了我叔侄情义，这次又要来离间我父子之情，让我成了个不忠不孝的人。"他把信撕碎，并杀了送信人。第二天就带人去捉孟达。魏军三路人马一起冲杀，刘封大败，连夜逃回上庸，谁知上庸守将申耽也投降了。

刘封引兵逃回成都，见了汉中王，哭拜在地，报告了事情的经过。刘备大怒，说："你还有什么脸面来见我！"刘封说："上次叔父危难时，并不是逆子不救，是孟达从中阻拦。"刘备把桌子一拍，说："你是个吃饭穿衣的人，不是石头泥人，怎能听信别人的谗言！"刘封悔恨地说："当时听信了他的话，以致犯下如此大罪。"刘备听到这里，心中产生了怜悯之情。这时正好孔明进来，刘备问应该如何处置刘封，孔明附在刘备的耳边轻声说："这小子性格刚强，今天不杀，以后一定会生祸端累及子孙。"于是，刘备一面命令左右把刘封推出去杀了，一面又向刘封的部下询问事情的具体经过。刘封的手下把刘封撕毁孟达的信和奋力拼杀的经过都一一讲给刘备听，刘备觉得这孩子虽然刚烈，但有这样的忠义之心，也实在令人喜爱，因此急忙大叫"刀下留人"。但是晚了，刘封的头已经摆在阶前。刘备禁不住放声痛哭："我一时急躁，害了我儿。"孔明在一旁劝道："从传位的长久之计看，杀了他也没什么可惜。建功立业的人怎能只顾儿女情长呢！"刘备说："即使他将来要杀我的亲生儿子，也不该杀掉这忠义的人啊！"文武百官听了，也纷纷掉泪。这时，武士又告诉刘备："刘封在临死前，追悔莫及地仰天长叹'悔不该不听孟达的话，现在果然遭此大难'！"刘备又失声痛哭起来。自此，刘备因思念关羽，加上痛惜刘封，心情郁闷，病倒了。

这年十月，曹丕威逼汉献帝让位，正式称帝，建立了魏国。曹丕在洛阳称帝的消息传到成都，刘备听了又惊又气，百感交集，吃不下饭，睡不好觉，整天以泪洗面。当时传到成都的消息说，献帝已被曹丕杀了。刘备命令百官都要戴孝，为献帝举行隆重的祭奠。这件事对刘备又是一次沉重的打击，他的病情渐渐加重，一切政务基本上由诸葛亮来管理。

第二年春天，有一个叫张嘉的襄江渔翁，打鱼时捕到一块金光灿灿的玉玺（君主的玉印），上面刻着"受命于天，既寿永昌"八个大字。张嘉忙把玉玺献给孔明。孔明看了十分高兴，召集太傅许靖、光禄大夫谯周等人来商议。谯周说："近来成都西北角有一股黄气冲天而起，晚上观天象，帝星特别辉煌灿烂，这些都是汉中王应该继承帝位的征兆。现在上天又送来了玉玺，还有什么可犹豫的呢？"于是孔明写好了奏表，带着大小官员来见刘备。刘备看完奏表，愤愤地说："你们想让我成为一个不忠不孝的人吗？"孔明说："不是，曹丕这小子都能称帝，何况王上还是汉室的后代。"刘备听了，脸色一沉，说："我怎能像曹丕逆子那样呢！"说完，站起来，一甩袖子就走了。过了三天，孔明又带着百官入朝，刘备出来后，众官都跪在地上。许靖说："献帝已被曹丕杀了，王上不即帝位，领兵去讨伐这个叛贼，这才是最大的不忠不孝。现在西川的百姓都希望王上称帝，为献帝报仇。如果您不这样做，就会失去民心，请王上考虑。"刘备说："按辈分，我虽然是景帝的孙子，实际上我只是涿县的一个村夫。我起兵打天下到现在，对老百姓没有一点恩泽。如果今天自己称帝，就是篡位。我宁愿死，也决不做一个不忠不孝的人。你们想让我留下一个被万代人唾骂的名声吗？"孔明等人苦苦相劝多次，刘备就是不答应。于是，孔明和众人商量了一个办法：装病，不理政事。刘备听说孔明病了，就亲自来探视。刘备来到孔明床前，不安地问："军师得的是什么病？"孔明说："我忧心如焚，看来活不长了。"刘备吃惊地说："军师为什么事担忧？"孔明故意装着病情严重、无力回答的样子，刘备问了几次，孔明闭着眼就是不说话。刘备焦急地说："您不说话，让我怎能放心呢？"孔明这才慢慢睁开双眼，叹口气说："我自出茅庐跟随您到现在，对您言听计从。今天您总算有了西川的地盘。现在文武官员数百人，都希望您称帝，共享富贵，光宗耀祖。不想您就是不肯，很多人心里有怨气，时间一长，一定会离开您。如果文武官员都走了，吴、魏来进攻，西川就必然丢失。一想到这些，我怎能不焦虑！"刘备说："我并不是推辞，而是怕天下人议论。"孔明说："古人说'名不正，则言不顺，言不顺，则事不成'，您现在是名正言顺，有什么好怕的！您没听过这样一句话吗？'上天给你的，你不拿反要遭祸'。"刘备听了无话可说，只好点头说："那就等你病好后再说吧！"孔明一听，掀起被子，一跃而起，用手将屏风一敲，外面文武百官鱼贯而入（像游鱼一样一个跟着一个地接连着走。形容一个接一个地依次序进入），一起跪拜在地上。刘备这才明白是他们早就商量好的，无可奈何地指着脚下的这群人说："让我得个万代骂名的都是你们哪！"孔明高兴地哈哈大笑，高声说："大事已定。"孔明在成都西北筑了一座高台，按照帝王的礼仪做好一切准备。建安二十六年（公元 221 年）四月二十日，文武官员列队迎请汉中王刘备登坛，祭了天地；谯周高声朗读了祭文，刘备接了玉玺，鼓乐齐鸣，众将官连呼万岁，拥戴着刘备正式登基，改年号为章武元年，国号为大蜀；立刘禅为太子，次子刘永为鲁王，三子刘理为梁王；封诸葛孔明为丞相，许靖为司徒，大小官员一一加官晋爵，大赦天下。历史上称刘备为汉昭烈帝。

情义为重，誓报兄弟之仇
· · · ·

　　刘备对关羽的死一直十分痛心。他称帝后想做的第一件事就是进攻东吴，替关羽报仇。即位第二天，文武百官拜礼结束后，刘备就对众人说："孙权杀了我的二弟，我与东吴的仇恨不共戴天。现在我已称帝，就要依仗你们为我报仇了。我要带领全部人马讨伐东吴，活捉孙权，只有这样，才能解我的心头之恨。"话音未落，赵云从队伍中奋然而出，跪在地上说："陛下，不能这样做。篡夺皇位的是曹丕，不是孙权，应当先灭魏。曹丕篡夺皇位，引起天下公愤。您出兵伐魏，关东的仁人义士也一定会带着粮食、马匹欢迎您。如果放弃进攻魏国而去讨伐东吴，仗一打起来，也不是短时间就能解决的，希望陛下慎重考虑。"刘备说："孙权害了我的兄弟，我恨不能吃了他的肉，灭他的全族，你为什么要阻拦呢？"赵云说："您的江山事大，而个人的冤仇事小。汉贼之仇，是公事；兄弟之仇，是私事。还望陛下仔细斟酌。"刘备语气坚定地说："不替二弟报仇，虽有万里江山，又有什么用！我主意已定，你不要再说了。"刘备不听赵云的劝谏，派人到五溪借了五万番兵，又派人到阆中任命张飞为车骑将军，领司隶校尉，封为西乡侯，兼任阆中牧。张飞听到关羽被害的消息后，也是悲痛欲绝，整天借酒消愁，经常酒后鞭打部下将士，甚至把人打死。这天，使臣到后，他受了爵位，设宴招待使臣。席间他问使臣："我二哥的仇有大山那么重，朝中的人为什么不早日兴兵去报仇？"使臣告诉他说大多数人主张先灭魏，后伐吴。张飞一听，火冒三丈："这是什么话！昔日结义，我们三人发誓共生死。现在二哥先走了，我不能独享荣华富贵，我要面见天子，愿意为先锋，挂孝伐吴，活捉孙权，为兄长报仇。"于是，和使臣一起回成都。

再说刘备在成都，每天亲自操练部队，为出征做准备。大臣们看了都很焦急，纷纷去找孔明，让他劝劝刘备。孔明说："我也苦劝过多次，但皇上不愿意听，今天我们一起去练兵场劝谏。"孔明等一群人来到练兵场，对刘备说："陛下您初登皇位，不想着如何以德服人，却要为一时的私怨冒刀枪之险，您这样做，一点儿也不为国家利益着想。如果您一定要报仇，也可以命令一位上将去就行了。"在孔明等人的反复劝说下，刘备稍稍有些回转之意，说："那好吧，我暂且不出兵，再想别的办法吧！"正准备回去，忽然来人报告说张飞到了。只见张飞直奔练武场，一下子跪倒在刘备脚前，抱着刘备的腿就大哭起来，说："陛下今天当了皇上，就忘了桃园的誓约，二哥的仇为什么不报？！"刘备说："因为大家多次劝说，我不敢轻举妄动。"张飞恨恨地说："他们都知道今天的荣华富贵，哪知道我们当年的誓言！如果陛下不去，我愿以一丈身躯为二哥报仇。如果报不了仇，我就战死疆场，不见陛下！"刘备经张飞这一顿哭诉，为关羽复仇的心又起来了。他扶起张飞说："好！我和你一起去。你带领你的人马从阆中出发，我率精兵到江川与你会合，共同讨伐东吴。"张飞擦干眼泪就要回去，刘备又拉住他，嘱咐说："我知道你酒后好打人，这会引起祸端的。以后你待人要宽容些，千万不能像以前那样鲁莽了。"张飞一一答应，拜别刘备，回阆中做准备去了。第二天，刘备集合部队就要出发。学士秦宓又出来劝阻："陛下，您这次固然是为了替关羽报仇，但我认为这样做不妥当。陛下不能为了小义而不顾一切，请您再想想。"刘备说："云长和我好像一个人，他的忠义我怎么能忘？！"秦宓跪在地上不起来，坚持说："陛下不听，非要出征，恐怕会失败，只可惜刚刚建立的基业又要属于别人了。"刘备听了，大怒说："我正要出兵，你却说出这种不吉利的话！"说完，就大声喊人要把秦宓拉出去杀了。秦宓被武士拉了起来，却面不改色，笑着说："我死没什么悔恨的，可以看不到两川百姓遭受灾难了。"众将领都纷纷跪下替秦宓求情，刘备挥挥手，说："先押起来，等我报仇回来再发落。"孔明这时也带着他写的奏表再次劝刘备接纳秦宓的金玉良言。但是，这时的刘备已是什么话也听不进去了。他把孔明的奏表看完，往地上一扔，坚定地说："我主意已定，不许再谏！"于是，命令诸葛亮留在成都辅助太子刘禅守两川；骠骑将军马超和马岱帮助镇北将军魏延守卫汉中，防备魏军；令虎威将军赵云为后应，兼管粮草；黄权、程畿（jī）为参谋，马良、陈震掌管文书；黄忠为先锋。一共率领七十五万人马，定在七月上旬出师讨伐东吴。

张飞回到阆中，命令所有将士都要举白旗，穿白衣，挂孝出征，给二哥报仇。他手下的两名小头目范疆、张达来向他报告，说要把所有的战船挂上白旗，将士穿白袍，一时筹集不到这么多白布，希望能宽限几天。张飞一听，瞪圆了双眼，说："我要报仇，恨不能明天就打到东吴，你们还敢违抗我的命令。"说罢，便令武士把两人捆绑在树上各抽了四十鞭，让他们必须在第二天准备好所用的白布，否则就杀了他们。范疆、张达看看被打得皮开肉绽的身体，想想总是要死，当晚，趁张飞喝醉酒昏睡之际，杀了张飞，割下他的头投东吴去了。

刘备在成都已做好了出师的准备。这天晚上，刘备直觉得心惊肉跳，坐卧不安，走出营帐，忽见一颗大星星突然坠地，心中十分疑惑，连夜派人去问孔明。孔明回报说："要损失一员大将，三天之内一定有消息。"刘备只好按兵不动，坐等消息。第三天侍臣报告："阆中张车骑的部将吴班派人报丧来了。"刘备一听，跺着脚说："不好，我三弟没了！"看完丧表，果然如此。刘备放声痛哭。次日张飞的儿子张苞来见刘备，叔侄俩抱头痛哭。刘备哭得茶饭不进，众将劝说："陛下要为二位将军报仇，怎么能自己摧残龙体呢？"刘备听了，才略略吃了点东西。刘备对张苞说："你和吴班敢不敢带兵做先锋，为你二伯父和父亲报仇？"张苞说："为了伯父和父亲，为了国家，万死不辞！"刘备正要派张苞起兵，忽然又来人报告说关羽的次子关兴到了。刘备看见穿孝服的关兴，又想起了关羽，一把抱住关兴放声大哭。众官苦劝。刘备说："想我还是平头百姓的时候，与关羽、张飞结义，誓同生死。今天我为天子，正想同两弟共享富贵，可他俩却都死于非命。现在见到这两个侄儿，叫我怎么不伤心！"说完，又哭得昏死过去。众臣让两位小将先退下，对刘备说："陛下已经年过六十，这样过分悲伤，对您的身体没有好处。"刘备听从了众臣的劝慰。军队休整几天后，刘备命令吴班为先锋，自己断后，让关兴、张苞结为兄弟，领三千精兵护驾，水陆并进。七十多万大军浩浩荡荡直奔东吴。

范疆、张达逃到东吴后，孙权知道刘备亲率七十多万精兵前来征讨，心中很害怕，就派诸葛瑾去说服刘备退兵。这时，刘备已到了夔关（今四川奉节白帝城下），屯兵在白帝城，前面的大部队已出了川口。侍臣报告说诸葛瑾来访，刘备不愿见他，黄权说："诸葛瑾是我们丞相的兄弟，他一定有事才来的。让他进来，听听他说些什么，如果能办就办，不能办再赶他走也不迟，而且还可以借他的口告诉孙权，我们这次出征的目的。"刘备这才召见了诸葛瑾。诸葛瑾对刘备说："我兄弟一直跟随陛下，所以我仗着兄弟的面子不顾危险，特来向您解释荆州的事。当时关羽镇守荆州，吴侯多次提亲，关羽不答应，加上吕蒙和关羽不和，这样就结了怨。后来关羽攻取襄阳，曹操曾多次以天子的名义要吴侯取荆州，吴侯不愿意，是吕蒙瞒着吴侯，擅自兴兵坏了大事。吴侯见杀了关羽，也十分后悔。不过这都是吕蒙的过错，不关吴侯的事。现在吕蒙已死，冤仇也了结了。孙夫人也十分想念陛下，只恨不能相见。吴侯愿意把荆州还给您，并送还投降的蜀将，归还孙夫人，吴、蜀两国永结联盟，共灭曹丕，不知您的意见如何？"刘备听了，气愤地说："你们害了云长，等于夺了我的手足，今天还敢花言巧语来骗我。"诸葛瑾说："陛下不要生气，请让我把道理讲清楚。陛下是汉朝皇叔，现在汉朝江山已被曹丕篡夺，您不去报仇，却为异姓兄弟大动干戈，跋山涉水来决一雌雄，这是为了小义而丢了大义；广大的中原是汉朝创业的基地，陛下不去占领，却来争这小小的荆州，这是弃重就轻；现在天下人都知道陛下即了皇位，一定会兴汉室，恢复大汉的江山，谁知您为一名将领的私情而亲自率兵征伐，真不知是怎么想的！"刘备拍案而起，大声说："杀我兄弟的仇人，不共戴天，要我退兵，除非我死！不是看在丞相的面上，我先杀掉你。今天饶了你，回去跟孙权说，让他把脖子洗干净，等着挨刀。我削平江东，也只能消我心头之恨的万分之一！"诸葛瑾见说服不了刘备，只好回江东去了。孙权又派人到许都求救于曹丕。曹丕没有答应出兵，只是降诏封孙权为吴王。

刘备在白帝城赶走诸葛瑾，让部队休整半个月，养精蓄锐。探子报告说，孙权求助于魏，曹丕没有出兵。刘备听了很高兴，传旨进兵。蜀军所到之处，吴军望风而逃，很快抵达宜都（今湖北宜都西北）。后来，老将黄忠英勇阵亡，刘备十分痛心，他把部队集中起来直奔猇（xiāo）亭。猇亭一仗，蜀军大获全胜。关兴杀了杀父仇人潘璋，夺回了青龙偃月刀。刘备的威名传遍江东。有人给孙权出主意："刘备痛恨的吕蒙、潘璋等人已经死了。只有范疆、张达两人还在东吴，不如把这两人和张飞的首级一起送还刘备，并归还荆州，送回夫人，以示我们求和的诚心，让吴蜀共同对魏，平分天下。"孙权赞同，便用沉香木匣装了张飞的首级，又把范疆、张达两人绑在囚车内，派程秉为特使送到猇亭。刘备让张苞设了张飞的灵位，并杀死两个仇人祭祀父亲亡灵。刘备大战猇亭，为关羽、张飞报了仇。

刘备大意，蜀军损失惨重

刘备在猇亭替关羽、张飞报了仇，怒气仍然未消，要继续进军，一定要消灭东吴。马良劝他说："现在仇人都已杀尽，东吴大夫程秉来了，意在讲和。"刘备怒不可遏地说："我切齿仇人是孙权，今天如果与他们讲和，就违背了我与二位兄弟当初的盟约。我一定要先灭吴，再攻魏，我要统一天下，这是一生的心愿。杀掉来使，断绝与吴的一切亲情。"程秉听了，吓得胆战心惊，结果在众将的劝解下，刘备才勉强放了程秉。程秉得了活命，抱头逃回东吴，把事情的经过报告了孙权。孙权知道刘备坚决不肯讲和，发誓要灭吴伐魏、恢复汉室，十分吃惊，只得与部下商议如何应战。他手下将领阚泽全力保荐年轻将领陆逊。孙权就任命陆逊为大都督，统兵迎战刘备。

刘备在猇亭一直到川口的沿江岸上扎下四十座大营，用树木编成栅栏，把大营连成一片，前后大约七百里。到了晚上，一座座大营火光映天，像一条火龙。白天则战旗蔽日，声势浩大。一天，探子报告："东吴任命陆逊为大都督，挥师迎战。"刘备从未听说过陆逊，就问："陆逊是什么人？"马良说："陆逊原是江东的一名书生，从小就很有才智，做事也很有谋略，上次打荆州，就是这个人出的诡计。"刘备听到这里，气愤地说："这小子的诡计毁了我两个弟弟，你们为什么不早告诉我？"说着便要命令出兵，马良连忙阻拦说："陆逊才能并不亚于周瑜，千万不可轻敌。"刘备急于报仇，不以为然地说："我用兵这么多年，难道还不如这乳臭未干的毛孩子！你不要说了，看我去捉他。"于是，刘备亲自率领队伍去攻打吴营。吴将韩当得到刘备出战攻关的消息，急忙派人去向陆大都督报告。陆逊怕他们轻举妄动，赶到韩当驻地的山头，只见漫山遍野都是蜀军，军中的黄罗盖伞都隐约可见。韩当想冲下山去出击，陆逊阻止说："刘备自从举兵东下，接连打了十多个胜仗，锐气正旺。我们现在要凭借着这些高山险要，守住关口，不能轻易出击。刘备现在在平原旷野之间，驰骋纵横十分得意；如果他急于想打而打不成，一定会把部队移到山林树木之间，到那时，我们就可以行动了。"于是，东吴的军队遵照陆逊的命令，按兵不动。刘备让先头部队在东吴阵前挑战，甚至百般辱骂东吴将士。陆逊命令士兵把耳朵塞起来，就是不许迎战。他还亲自到每一个隘口视察，安抚将士。

刘备见吴军就是不出战，双方相持已有半年了，心中十分焦虑。马良说："陛下，我军出征已经半年了，陆逊就是按兵不动，他是个很有谋略的人，一定在等我们的破绽呢，千万要注意！"刘备一直没把陆逊放在眼里，随口说："他有什么谋略，我看他是害怕。他们吃了那么多败仗，怎么敢轻举妄动？"先锋冯习这时报告说："天气太热，部队就像住在火炉之中，加上取水的地方又远，生活很不方便。"于是，刘备命令把军营移到山林茂密、靠近水源的地方，等过了夏天再进攻。马良忙说："我们部队一动，吴军要是突然进攻怎么办？"刘备说："我让吴班领万名老弱兵士在靠近吴军的平地驻扎，我亲自带八千精兵埋伏在山谷之中。如果陆逊看到我要迁营，突然袭击，就让吴班败退下来，引陆逊来追击，我再引兵出击，断他的归路，活捉这小子，一举拿下江东。"大家听后，齐声赞叹。马良心里却不踏实，就对刘备说："我听说丞相最近在东川视察，陛下可以把各营迁移后的地点画成图，送给丞相看看是否可行。"刘备说："我也熟知兵法，有什么要问的？"马良说："圣人说'兼听则明，偏听则暗'。"刘备只好说："那你就去各营画四至八道图本，亲自到东川送给丞相，如果有不妥的地方，赶快回来报告。"东吴陆逊那里也得到报告，说蜀军已热得受不了了，准备移营。陆逊这时心中暗自高兴，就带着将士们在山前观察，只看见平地驻扎着不到万人的老弱兵士。部将周泰说，这些兵士不堪一击，说着就要出击。这时，陆逊用马鞭指着前方说："你们看那前面的山谷，里面一定埋伏有军队，这平原上的兵是用来引诱我们的，千万不可上当。我看不出三天，那山谷中的士兵一定会出来的。"

第二天，吴班领着人到关前喊阵，一个个耀武扬威，骂声不绝。还有一些人卸掉铠甲，脱下衣服，赤身裸体，或席地而坐，或躺在地上睡觉。吴将徐盛、丁奉气得进帐对陆逊说："都督，你看蜀军侮辱我们到这种地步了，我们为什么不出击？"陆逊笑了，说："你们只要冲杀，不知道我的妙计，到后天就能看出其中的奥妙了。"三天以后，陆逊带着将士来到关口，看见吴班带着人马垂头丧气地撤走了。陆逊说："你们注意看，刘备必定从山谷中出来。"话音未落，只见八千全副武装的精兵护着刘备撤出了山谷。吴兵看了，一个个吓得直伸舌头。陆逊说："我不让你们打吴班，就是为了防备刘备这一诡计。好了，现在伏兵走了，十天之内必定打败蜀军。"诸将领又不明白了，都说："破蜀军最好在他刚来立足未稳时。现在蜀军进军已有五六百里路，阵地也守了七八个月了，他们又严加防范，这时我们出击必然没有好处。"陆逊说："你们哪里知道，刘备是当今枭雄，十分精于谋略。刚来的时候，一切都安排得很严密，加上士气旺盛，我们不易取胜。现在，他们在这里待了这么长时间，士兵都很疲劳了，正是我们取胜的时候了。"陆逊把攻打刘备的计划报告了孙权，孙权听了非常高兴，调集了东吴大部分兵力，做好充分的接应准备。

刘备命令水军顺流而下沿江安扎水寨。黄权劝说："陛下，水军沿江而下，进很容易，要退就难了。我愿意为先锋，在前面抵挡敌军；陛下在后面，这样万无一失。"刘备说："我看吴军吓破了胆，不敢进攻，我军长驱直入，有什么阻碍！如果慢慢走，拖延时间，什么时候才能成功！"众人苦苦相劝，刘备还是听不进。他命令分兵两路，让黄权指挥江北的军队，以防魏军；自己统领江南各路军队，沿江结营。

马良赶到东川，孔明见到地图，连声说："不好！不好！"气得拍着桌子问："这是什么人叫陛下这样安营的？该杀！"马良说："全是陛下自己决定的。"孔明无可奈何地叹息道："汉室气数已尽！"又接着说："这样扎营是兵家大忌，如果对方火攻，我们就毫无办法了。陆逊坚守不出，正是为了这个。你得赶快回去，让天子赶紧改屯驻营，时间长了就来不及了。"马良说："如果吴军胜了，怎么办？"孔明说："陆逊是不敢追赶的，成都不会有危险。皇上如果失败了，到白帝城暂避。我入川时，已把十万人马埋伏在鱼腹浦（今四川奉节东）了。"马良拿了孔明的奏表急忙往回赶。孔明也抓紧时间回成都，去准备接应的部队。

陆逊见刘备毫不提防，先派一名小将淳于丹出击蜀军的一个营，试探刘备军队的虚实。然后，他命令朱然从水路进兵，并用船只装载着茅草；命令韩当攻江北岸、周泰攻南岸，每个士兵都要带把干茅草和火种。东吴军队一切准备就绪，就等三更时分，直奔江岸，火攻刘备的连营。

刘备在帐中正思索着破关的办法，忽然，帐前中军的旗幡倒了。刘备叫来程畿问这是什么兆头。程畿说："陛下，会不会今晚吴军要来劫营？"刘备说："昨晚全被杀退了，还敢来？""那可能是陆逊试探军情的。"程畿提醒刘备。刘备还是不以为然。这时，有人来报告，说看见吴军在沿着山往东去了。刘备马上说："这可能是疑兵，先不要动。"说完，又命令关兴、张苞带领五百名骑兵加强巡逻。黄昏时，关兴回报说江北营中起火了，张苞报告说江南营中也起火了。刘备听了心中一怔，要关兴去江北、张苞回南营再探虚实，并说如果吴兵到了，快来回报。半夜的时候，天空刮起了东南风。这时蜀军刘备大营的左侧和右侧都起了火。大风卷着火焰，火大生风，风紧火更猛，转眼间，就看见刘备的大营一片火海，到处是喊叫声，兵马乱窜，一片混乱。这时，吴军喊声震天，杀了过来。刘备准备往冯习的营寨奔，可是，冯习的营寨也是烈焰熊熊。江南、江北都被大火照得如同白昼，冯习被吴将徐盛的乱箭射死。刘备想冲出去，也被丁奉和徐盛从前后阻拦，在这危急关头，张苞杀入重围，好不容易救出刘备，保护着他逃到了一个叫马鞍山（今湖北宜昌西北）的小山上。刚到山顶，就听到山下杀声又起，原来是陆逊带着大队人马把马鞍山团团围住。刘备命令张苞、傅彤死守山口。刘备站在山顶，满目火光，好不痛心。

第二天，吴军又在山脚下放火烧山，山火蔓延十分迅速，烧得蜀军步步后退。刘备这时也已惊慌失措。忽然，火光中冲出关兴，他高呼："陛下，四边已经都是火了，这里不能久留，快快往白帝城撤。"刘备这时才清醒一些，大声问："谁敢断后？"傅彤"噗"的一声跪在地上说："臣愿以死断后！"刘备扶起傅彤，挥泪告别，在关兴、张苞的保护下杀下山去，直到黄昏才冲出重

围。吴兵看刘备往白帝城逃去，各路大军又铺天盖地似的紧追不放。刘备命令士兵把能脱掉的铠甲、衣服都脱下，塞住路口用火焚烧，以阻止吴军追击。正往前跑着，吴将朱然忽然带着一路人马从江上杀来，截住刘备的去路。刘备见了，大声叹道："我死在这里了！"关兴、张苞向前冲杀，都被乱箭射回，身负重伤。恰恰在这个时候，背后又起杀声，陆逊带着人马从山谷中杀来。眼看刘备走投无路、招架不住的时候，赵子龙从江州及时赶到。陆逊一听赵云来了，知道不妙，连忙命令退兵。赵云有万夫不当之勇，起枪杀了朱然，因无心恋战，保护着刘备往白帝城逃去。

刘备这次出兵七十多万人，到白帝城只剩百余人了。大将傅彤、程畿、张南、冯习、蛮王沙摩松等人战死疆场。杜路、刘宁投降了东吴。所有的粮草、船只、武器等军用物资也全被东吴缴获，真是损失惨重。这对刘备来说，是致命的一击。

中道崩殂，匡扶汉室成遗愿

····

　　猇亭一战，蜀军几乎全军覆没。刘备被赵云救到白帝城。马良也赶到了，把孔明的话告诉刘备。刘备万分羞愧，说："我要早听丞相的话，也不会有今天的失败，我有什么脸面回成都见群臣呢！"于是，就在白帝城驻扎下来，把馆驿改为永安宫。有人告诉刘备说，黄权带着江北的部队投魏国去了，应该问罪他的亲属。刘备听了，摇头说："黄权被吴军隔断在江北，想回来又没有路，是不得已才投降魏国的。是我辜负了黄权，他不会背叛我的，何必再问罪他的家人呢？"刘备命令把黄权的俸禄仍旧发给他的妻子。

　　自从猇亭失败后，刘备又悔又恨，加上日夜哭念关羽、张飞，在永安宫病倒了，病情日渐严重。一天晚上，刘备一个人躺在龙榻上，不知不觉睡着了，睡梦中见到了关羽和张飞。噩梦醒来，刘备自言自语地说："看来我要去见两位弟弟了。"第二天，刘备派使臣到成都去请军师诸葛亮、尚书李严等人。孔明等人连夜赶到白帝城。这时，鲁王刘永、梁王刘理也都应诏赶到永安宫，太子刘禅留守成都。这些人来到永安宫，见到生命垂危的刘备，都慌忙拜伏在病榻前。刘备用手指指孔明，让他坐到床边来，侍臣把刘备轻轻扶起靠在床上。刘备紧拉着孔明的手说："我自从得了丞相，建立了帝业。谁让我智慧才能浅陋，又不听丞相的话，以致遭受惨重的失败！实在没脸回成都见丞相！现在我生命垂危，不得不请丞相来托付后事。"说着，泪如雨下。孔明也泣不成声地说："愿陛下保重龙体，以孚天下人的希望。"刘备抬起头，目光扫遍屋里的每个人。刘备看到马良的弟弟马谡也在，就先让他们退下，只留孔明一人。刘备让孔明再往前靠，问："丞相看马谡的才能怎么样？"孔明说："这个人也是当今的英雄。"刘备听了，微微摇头说："我看他说话有点言过其实，这人不能重用，望丞相进一步观察。"说完，刘备又把人都叫进来，要来文房四宝，写好了遗诏递给孔明，叹息地说："我虽然书读得不多，但也知道古人说'鸟之将死，其鸣也哀；人之将死，其言也善'的话，我本应和你们一起消灭曹贼，共扶汉室，不幸的是要与你们中途告别了，麻烦丞相把诏书交给刘禅，凡事请你多教导他。"孔明听了，难过得跪拜在地上，哭着说："陛下好好休养，我一定效犬马之劳来报答您的知遇之恩。"刘备让孔明起来，一手擦着眼泪，一手拉着孔明的手说："我就快死了，有句心里话要告诉你。"孔明哽咽着说："请陛下告知，臣洗耳恭听。"刘备流着泪说："你的才能高出曹丕十倍，一定能把国家管理得很好。我的儿子阿斗，你认为可以辅佐就辅佐；如果不行，你可以自己做成都之王。"孔明听了，吓得手足无措，跪在地上说："我一定竭尽全力辅佐太子，报答您的恩情，一直到死。"说完，不住地用头叩地，哭得两眼都出了血。刘备把刘永、刘理叫到跟前说："我死了以后，你们兄弟三人要像对待父亲一样尊敬丞相，稍有怠慢，天下人都会同声骂你们是不孝之子的。"刘备又叫孔明坐到床边说："丞相坐下，让我儿拜你为父。"两人拜完，孔明说："我就是肝脑涂地也报答不了您对我的知遇之恩啊！"刘备又对李严等大臣说："我已经托孤予丞相，今后你们也不能怠慢丞相，辜负我的重托。"又对赵云说："我和你是在患难之中相识的，同甘共苦到今天，现在就要永别了。请你看在我的份上，照顾我的孩子。"赵云听了，哭拜在地说："我一定为国家尽犬马之劳，决不辜负您的重托。"这时，刘备的声音已经越来越微弱了，并气喘不已。他看着床前的众臣，断断续续地说："对你们，我不能一一嘱咐了，望你们各自珍重。"说完就咽了气。永安宫内一片哭声。这一天正是章武三年（公元 223 年）四月二十四。刘备享年六十三岁。

　　孔明把刘备的遗体运回成都，后主刘禅出城迎接父亲的灵枢。一切祭祀完毕，孔明宣读先主遗诏，对刘禅说："国家不能一日无主，遵照先主的遗愿，请您继承皇位。"刘禅继承了帝位，改章武三年为建兴元年，历史上称他为蜀汉后主。后主加封丞相为武乡侯，领益州牧。八个月后，将刘备葬在惠陵，谥号昭烈皇帝。

刘备

风云三国进阶攻略

 蜀国的形势

从二十八岁出山征讨黄巾军,到六十一岁在成都即皇位,刘备在经过三十三年的东征西讨后,才有了蜀国的江山,虽然拥有"天府之国"的富庶与安稳,但是蜀国毕竟是三国中实力最弱的国家。不过,联想到刘备当年为了据有一方根据地,用尽了手腕,甚至食言不还荆州,到后来建立蜀国,南面而王,这样的功勋已经够伟大了。刘备在位仅仅两年,就在白帝城去世,临死之前,将儿子刘禅托付给诸葛亮。但刘禅毕竟是"扶不起的阿斗",在失去诸葛亮的辅佐后,国家迅速衰落,终为魏国所灭,并落下"乐不思蜀"的笑柄,常被后人扼腕叹息。

蜀国(221 ~ 263)帝系表:

1.昭烈帝刘备(221 ~ 223)—2.后主刘禅(223 ~ 263)

刘备的长相与德行

帝王的长相据说都是不同凡人的,刘备的长相就有些特别:他双手过膝,双耳过肩,眼睛能看到自己的耳朵。不知道这是史实还是后人的杜撰，反正这种长相的人至今也不易见到。刘备的长相和他的德行或许也有一定的联系，在《三国演义》中，刘备是作为"仁德之君"被褒扬的，《三国志》也曾说刘备"弘毅宽厚"。例如，刘备做平原令时，一个叫刘平的人素来讨厌他，一次还派刺客去刺杀他。刘备不知情，对刺客热情相待，刺客竟被感动，不忍下手，还把刘平的阴谋告诉他；刘备败走襄阳之时，后面有十万荆州民众跟随，有人劝他弃众而走，速保江陵，他却回答"不忍相弃"。这同当年曹操血洗徐州、屠城夏丘的暴行比起来，刘备的确可称得上是仁君了。

刘备的手腕

刘备毕竟生活在群雄并起的三国时代，他的征战生涯中还有极其厉害的一面。为了生存和发展，他也常玩一些翻云覆雨的手段。且不说赖着荆州不还，就是在夺取西川这件事上，也表现得不仁不义。公元211年，刘璋请刘备来对付张鲁，并给予了刘备热情的接待和巨大的财力支持。但刘备收了钱物以后，并不去讨伐张鲁，暗中却对张松、法正大加拉拢，直接表现出吞并蜀中的野心，并让张松画了山川地图——这就是张松献地图的真实由来。事情败露后，刘璋杀了张松，并对刘备严加防范。这时刘备动手了，他先借口杀掉了杨怀，接下来把刘璋部将和士卒的老婆、孩子全都扣下来做人质，然后发动大军攻打刘璋，最后终于占领益州。对刘备夺取益州的行径，连一贯鼓吹以蜀汉为正统的东晋历史学家也深为不满，批评他是"负信达情，德义俱愆"。《三国演义》中，作者把刘备夺取益州的行为描写成似乎是被迫采取的行动，还让他屡次说出不忍下手的动听之词，但留给读者的印象却始终是不怎么仁慈。

刘备的用人策略

战乱年代大都是人才辈出的年代，三国时期亦然。刘备之所以能成就霸业，还得靠以"五虎上将"为主的武将和以诸葛亮为主的文官的支持。善用人才，要求用人者有度人的才能——这样方能识别真人才；宽宏的气度——这样方能容纳人才的个性并委以大任。刘备在这两方面都做得非常好。他对诸葛亮不惜"三顾茅庐"，对马谡却留言"不可大用"；他能容忍张飞的鲁莽，对名声比自己还大的诸葛亮也能"用人不疑"，甚至在张飞和诸葛亮产生矛盾时，他也坚决站在军师这边。老百姓对刘备的用人之术用歇后语概括为："刘备摔孩子——收买人心"，其实远没有这么简单。

刘封何以被赐死？

在《三国演义》中，刘封是刘备的养子，一生战绩平平。由于他在关羽败走麦城时不予援救，其后征讨降曹的孟达又屡屡败北；刘备盛怒之下，命人将其推出斩首。似乎刘封是罪有应得，其实，历史上刘封被杀是因为他威胁到了刘禅的地位。刘备四十岁时还没有儿子，于是收养了刘封，后来才有了刘禅。入蜀时，刘封已二十多岁，而且威武过人，屡立战功，被封为副军将军，颇受器重。按理说，刘封和刘禅两人都可以做刘备的接班人。但刘备当然想立自己的亲生儿子，诸葛亮按正统观念，也愿意辅佐刘禅。这样一来，刘封必不服气，一旦刘备去世，为人刚猛的他若起意夺位，扶不起的阿斗绝不是对手。正因为这些原因，使诸葛亮劝刘备痛下决心除掉刘封。

关于刘备的民间传说

桃园称兄

刘备、关羽、张飞"桃园三结义"的故事，大家都知道。但他们三人是怎样排兄弟的呢？当然是根据年龄大小来排啰！据说一开始三人心里都想当老大，又不好意思明争，于是就你报多大，我也报多大，结果三人成了同年。刘备说："太巧了，同年同月同日生这有可能，总不会又同时辰吧？"

张飞心想，得抢先报个最早的时辰，让他俩没法比我再早。他连忙说道："俺老张是天刚刚亮的时候生的。"

关羽接着说："俺关某是公鸡刚叫的时候生的。"

这时，只见刘备不疾不徐地说："我是鼓打三更，刚过半夜的时候生的。"

张飞听了，说："你们怎么把后半夜都算上了？"

刘备说："半夜子时乃是一天之始。"

张飞不服气地说："我没想到这层，你们报的时辰，我可不相信。"

刘备说："那你说怎么办？"

张飞抬头看见桃园里有棵大树，心想，爬树我可比他俩都在行，于是他把袖子一挽，说："咱比爬树。"

▲ 桃园三结义

刘备、关羽两人都同意后，张飞就跑上前去抱住树干，很快就爬到最高处。刘备却不慌不忙地来到树下，抱住树干站在地上。张飞往下一瞧，得意地说："你们都喊我大哥吧！"

刘备仰着脸，慢慢地说："先别急。我问你，树是先扎根，还是先长梢？"

张飞随口回答："当然是先扎根啊！"

▲ 奉节之晨 奉节在三峡当中位于最上游的瞿塘峡岸上，刘备曾经在这里观赏早晨的美景，怀念两个结义兄弟之死。

刘备说："既然是先扎根后长梢，我抱根，你上梢，那三弟就是你啦！"

张飞这下可傻了眼，只好认输；关羽也觉得自己的谋略不及刘备，应该尊他为兄。关羽心想，我上有兄下有弟，排行老二，也不算吃亏。就这样，刘、关、张桃园三结义的排行就定了。

白帝古墓

传说刘备之墓在今重庆市奉节县。当初诸葛亮怕人盗墓，就把坟墓的入口掩蔽起来。但是有一年，却被一位贪财怕死的县官许友发现了。

一天晚上，许友心想，白帝城自古即是名城重镇，既是西汉公孙述称帝的都邑，又是三国刘备托孤的地方，说不定地下埋有金银宝藏，要是能找到，一辈子就吃喝不尽了。

他的眼光突然停留在厅堂内一块平滑油亮的石板上。他悄悄取来一把铁镐，撬起石板一看，石板下竟是一条长长的地下通道。他提着灯笼走下地道，七拐八弯，走着走着，迎面刮来一阵冷飕飕的寒风，把灯笼给吹熄了。他吓得打了几个寒战，

▲ 西陵峡，乃三峡中位于最下游者，刘备就是在这附近遭到敌人火攻。

但是金银财宝的诱惑又促使他壮着胆子继续往前走去。

走呀，走呀，前面忽然透出一点灯光。走近一看，原来是一间空旷的地下室，墙壁那儿有座神龛，神龛下点着一盏万年灯，一口大缸盛着灯油，油快点干了。许友再细看那盏万年灯，发现是黄金做的，便伸手去取，却又看到灯下放了一张纸条，上面写着：

友不像友？无怨寻仇！

打开此墓，罚你上油。

——诸葛亮

许友一看，吓得浑身发抖，连忙跪下磕头，转身连滚带爬地跑出地道，从此一病不起。他心想，一定是触怒了诸葛丞相。于是取出墓中拿来的四句偈语，细看之后才恍然大悟：原来自己没有依丞相要求给万年灯上油。油缸很大，许友卖完了自己的全部家财，还变卖了老婆的珠宝首饰，才把万年灯的油缸给盛满了。从此，许友的病也才好了，他再也不敢胡作非为了。

假如你是刘备

1 在陶谦再三让你接领徐州时，你是否会同意？

2 在吕布被曹操所擒，即将被杀时，你是否会念及旧日情谊，为他求情？

3 你是否愿意为了请诸葛亮出山而三顾茅庐？

4 在刘璋以兄弟之谊迎你入川时，你是否会产生占领西川的念头？

5 在关羽被孙权所杀时，你是否会不顾诸葛亮的劝阻，而坚持要讨伐东吴？